ULRIKE NERADT

KINNER,
WIE DIE ZEIT VERGEHT!

UN ANNERN GESCHICHTE

LEINPFAD
VERLAG

Für meine Freundinnen Vera und Sabine

Umschlag: kosa-design, Ingelheim
Layout: Leinpfad Verlag, Ingelheim
Druck: Druckerei Wolf, Ingelheim

Leinpfad Verlag, Leinpfad 5, 55218 Ingelheim,
Tel. 06132/8369, Fax: 896951
E-Mail: info@leinpfadverlag.de
www.leinpfad-verlag.de

ISBN 978-3-937782-72-0

INHALT

Frank G. odder: Die Geschicht von „Feucht und Fröhlich e.V."

„Sagen Sie mal: Gibt 's eigentlich keinen gescheiten Komponisten un Texter mehr, der witzige anspruchsvolle Lieder schreibt? Sind 's denn wirklich nur die Alten, wie zum Beispiel Kurt Tucholsky, Erich Kästner oder Friedrich Hollaender, die sowas können?"

Das hab ich den Archivar Matthias Thiel vom einzischartische Kabarettarchiv in Meenz gefraacht.

„Doch, den gibt's. Der heißt Frank Golischewski. Der hat es fertiggebracht aus berühmten Persönlichkeiten wie Helen Vita, Brigitte Mira und Evelyn Künnecke das Trio „Die drei alten Schachteln" zu gründen un mit denen in Deutschland auf Tournee zu gehen. Aber wo der wohnt, das weiß ich auch nicht. Der schreibt auch eigene intelligente, freche Texte und kann auch Musik dazu komponieren."

Golischewski, den Name sollt ich mir merke. Den musst ich im Internet suche. Morje. Jetzt erst ins Bett, denn ich sollt jo annern Daachs widder unser Sendung „Fröhlicher Weinberg" im SWR mit Johann Lafer moderiern. Un do musst mer ausgeschloofe sei.

In de Nacht bin ich plötzlich wach worn: Golischewski, denk ich noch ganz dusselisch, den Name hab ich heut doch schon emol irchendwo gelese. Ich hab hi und her simmeliert, un dann geh ich schlooftrunke in mei Birroosche un such den Ablaufplan vom Fernsehe for den nächste Daach raus. Do stand unner annerem Ilja Richter als Prominenter, der aach en Lied singe sollt. Un unne drunner stand en zwatter Name, nämlich der vom Pianiste, den er mitbringt: Frank Golischewski!

Das wird doch nit der Golischewski sei, von dem der Kabarettexperte mir verzeehlt hot?

Ich konnt 's kaum erwarte un bin vor Uffrechung fast nit mehr eigeschloofe.

Am nächste Middaach dann im Studio: Ich seh, wie der Ilja Richter grad vom Reschissör eigewiese wird un mit em glatzköppische Pianist sei Lied probt. Es gab un gibt so gut wie kaa Sänger, die im Fernsehe leif singe. Die mache all nur de Schnabbel uff un zu un losse die Mussik vom Band laafe. So ebbes nennt mer Pleebäck. Der Ilja Richter hot leif gesunge.

In de hinnerste Eck hab ich gespannt gewart, bis ich endlich erfahrn konnt, wer der Pianist is, un wann ich das Geheimnis lüfte konnt.

Endlich warn se fertisch. Ich bin erst dem allseits bekannte Ilja vorgestellt worn. Das war der aus de sibbzischer Jahrn, der im ZDF die Juuchendsendung „Disco" moderiert hot. Dem wollt ich schon immer mol die Hand gebbe. Mir warn fast aan Jahrgang. Jetzt stand ich em geecheübber. Mein größeres Interesse abber galt dem annern Mann, dem Mann am Klavier.

Dem hab ich nur gesaat: „Wir müssen nachher noch mal ein Wörtchen miteinander reden."

Er is ganz verschrocke un hot gemaant, er hätt ebbes falsch gemacht. Weit gefehlt! Ich bin nach de Sendung zu em un hab en gefraacht: „Sind Sie der Frank Golischewski, der auch Chansons schreibt und mit den „Drei alten Schachteln" unterwegs war?"

„Allerdings, der bin ich."

„So? Hätten Sie nicht Lust, mich zukünftig hier im „Fröhlichen Weinberg" bei den Chansons zu begleiten und mir auch das eine oder andere Chanson zu schreiben? Ich habe viel von Ihnen gehört und Sie wären gerade der richtige Mann am Klavier für mich."

Ich war gespannt uff sei Antwort. „Ja", kam 's e bissje zögerlich, „das ist jetzt aber ein sehr überraschendes Angebot für mich. Aber wenn ich 's mir recht überlege: Ja, das würde ich gern tun."

Kaum zugestimmt, hatt er den Job.

Fünf Jahr lang hot er mich dann im „Fröhlichen Weinberg" im SWR Fernsehen am Klavier begleit un mir aach Lieder geschribbe, von dene ich immer mol widder aans unserem treue Fernsehpublikum bei de Sendung vorstelle konnt. Solang, bis der „Fröhliche Weinberg" for uns dann halt vorbei war. Das war im September 2007. Übber 160 mol hab ich die Sendung Freidaachobends mit em Fernsehkoch Johann Lafer moderiert. Dann ging der Johann im Mai 2007 nach 13 Jahren. Das Koche hatt sich zu dere Zeit im gesamte Fernsehbereich derart ausgeweit, dass der Johann nadierlich die weitaus attraktivere Aageboode aanemme un domit aus unserer Serie im Dritte Programm aussteiche musst. Dann is für die Sendung en neu Konzept entwickelt worn un en neue Partner wurd mir vorgesetzt, mit dem ich abber nit so konnt, und so bin ich konsequenterweise aach ausgeschiede. Abber stolz bin ich schon e bissje: Als Frau in de beste Jahrn fast verzeh Jahr lang en Unnerhaltungssendung zu moderiern, das is schon ebbes.

Doch das Lebe besteht nit nur aus Fernsehe. Un was ich jetzt erzähle, is genauso spannend. Denn mit dem Frank ging 's weiter un zwar in Meenz.

Un hiermit komm ich zum zweite Deil von unserm

gemeinsame Bühnelebe. Hier ist die Geschicht vom Musical „Feucht und Fröhlich e.V.", das in Mainz un Umgebung Triumphe gefeiert hot.

„Du, Ulli, ich schreibe ein Fasnachtsmusical für das Mainzer Unterhaus", hot mir de Frank strahlend aanes Daaches verzeehlt.

„Stell dir vor, ich war doch bei Georg Kreisler in der Vorstellung im Unterhaus und stand mit ein paar Leuten nachher noch an der Bar und erzähl von meinem Hohner-Musical. Der Chef vom Unterhaus, Ewald Dietrich, kam da zufällig vorbei und hörte aus irgendeiner Kombination heraus (wahrscheinlich hab ich so was gesagt: „einen Riesenspaß, den das macht, das Musical" oder so) den Wortfetzen ‚Fastnachts-Musical'."

„Was, du schreibst ein Fastnachts-Musical?" fragte er neugierig.

„Nein, nein", hab ich gelacht und dann die zwei angeguckt: „Aber – gibt's so was schon in Mainz? Sonst schreib ich eins!"

Ewald spornte mich an: „Dann mach doch mal ein Exposé. Wenn's gut wird, spielen wir das hier im Unterhaus!"

„Was?" Als der Frank mir des fertisch verzeehlt hot, war ich richtig erschrocke. „En Meenzer Fassenachtsmjusical? Das geht schief, Frank. Loss die Finger devon. Fassenacht is ebbes for Einheimische. Do derfste dich nit draa versündische. Das is hier in Meenz en Heilischdum."

Er war sich seiner Sach aber so sicher, dass ihn nix un niemand davon abbringe konnt. „Dann lass mich die Besetzung sammesuche", hab ich em vorgeschlaache: „Weißte, Frank, es müsse uff alle Fäll Leut sei, die erstens in de Fassenacht berühmt sind, die sich zwattens mit de gängische Fassenachtsrituale auskenne un die drittens aach noch singe un schauspielern kenne."

Er war sofort eiverstanne, weil er niemand außer de Margit Sponheimer gekannt hot. „Bitte, gern. Dann mach mal einen Vorschlag für das Ensemble. Wir brauchen für das Musical drei Pärchen."

Das Unnerhaus in Meenz hot die Produktion übbernomme un alle warn gespannt, wen ich vorschlaache.

Beim Studiern meiner Besetzungslist habbe se all laut gelacht un gemaant, dass ich die Trupp nie im Lebe uff aa Bühn kriehe deht. Weit gefehlt! Neugierisch gemacht, sin all die, die ich vorgeschlaache hab, zur erste Besprechung im Mai erschiene. Das waren:

Margit Sponheimer als bekannteste Fassenachtssängerin, die es bundesweit je gebbe hot. Die hatt ich in unserm „Fröhliche Weinberg" kenne gelernt. Von der wusst ich, dass se seit ihrm Ausscheide aus de Fassenacht schon seit Jahren als Schauspielerin in Frankfurt beim Volkstheater erfolchreich uff de Bühn stand.

Heinz Meller, der als Kabarettist nit nur alle Polidikker parodiern konnt, sondern aach seit Jahren aktiver Sitzungspräsident bei de Mumbacher Bohnebeitel is. Außerdem hot er e paar Jahr vorher bei uns im „Fröhliche Weinberg" übber en lange Zeitraum als de „Herr Babbelnit" en witzelnde Wirt gebbe.

Norbert Roth, den hatt ich aus de Fernsehsitzunge „Meenz bleibt Meenz" gekannt, der war mit seine herrliche Vorträäch als erstklassischer Bütteredner bekannt. Der musst unbedingt mit debei sei.

Dann Hildegard Bachmann, die als erst Fraa in de Meenzer Fassenachtsbütt gestanne un schon erfolgreich mehrere Mundartbücher geschribbe hot un mit der ich bis dohin schon e paar Jahr lang mit Mundartlesunge unnerwechs gewese war. Außerdem hatt se sich bei uns im Rheingauer Mundartverein als Frau Rat in de „Deutsche Kleinstädter" als Schauspielerin bewährt und von ihr wusst ich, dass se schon immer mol richtisch Kabarett mache wollt.

Nick Benjamin, mit dem ich übber ville Jahrn in Freundschaft verbunne bin un mit dem ich schon im Rheingauer Mundartverein oft mit großem Spass Theater gespillt hatt; der war außerdem im Hörfunk als Moderator bekannt wie en bunde Hund. Aach als Bütteredner bei de Mumbacher Bohnebeitel hatt der sich übber die Jahrn en gude Name gemacht un en gud Stimm zum Singe hot er aach noch.

Ich selbst. Ich wollt bei dem einmalische Spektakel nadierlich nit fehle un hab mich als aanzisch Hessemeedche mit in die „Meenzer Fassenachtsunnerhausgesellschaft" eneigeworschtelt. Babbele dun mir hibbe wie dribbe gleich, also gabs von doher kaa Schwierichkeite.

Übberichens: von weeche aanzisch Hessemeedche! An der Stell muss ich festhalle, dass außer unserm Norbert Roth kaaner en echte Rheihesse is: Die Hilde is in Wissbade, die Margit in Frankfort, de Heinz in Rauenthal un de Nick in Münster geborn.

Bei „Feucht un Fröhlich e.V." geht' s um en Meenzer Fassenachtsverein, den drei Männer noch fest im Griff habbe. Abber dann habbe Heinz, Hermann und Fritz die Panik: Sie dehte kaa Kredite mehr krie. Nach 125 Jahren „Feucht & Fröhlich e.V." is ihr geliebter Fassenachts-Verein pleite. Jetzt geht 's rund. En zündend

Idee muss her. Wenigstens e klitzeklaa Pläänche. Kann mer die Ortrud, die resolut Unnerhose-Fabrikantin, dem Hermann sei schwergewichtig Gattin, noch mal haamlich aazappe? Und zwar for en erstklassisch Sitzung, die wo in Meenz alles vergesse macht, was es je gebbe hot? Oder wie oder was?

Doch die Männer vom Präsidium habbe die Rechnung ohne ihr bessere Hälft gemacht. Die hatte nämlich längst Lunte geroche un ihr eichene Rettungsaktione geschmied.

Margit Sponheimer hot die Elfriede Schnitt gespillt, en Volkshochschullehrerin for Poetik mit Vorliebe for Schüttelreime. Die hot sich im Laufe der Handlung an den Klempner Fritz (Heinz Meller) draagemacht. Ich war das biedere Hausfraache Luwiss Karl, die mit ihrm Mann Heinz (Nick Benjamin) in eme klaane Häusje in Mainz-Drais gewohnt hot. Tja, un die Hildegard Bachmann war die Unnerhosefabrikantin Ortrud Wahl, die mit ihrm Mann Hermann (Norbert Roth) immer zimmlich viele Lacher, schon allein weeche ihrer urkomische Art, eiheimse konnt.

„Feucht und Fröhlich e.V." war en Renner im Meenzer Unnerhaus. Mehr als fuffzisch Mol habbe mer uff de Biehn gestanne. Nit nur in Meenz, naa, im ganze Umland hot die klaa Trupp die Mensche in Begeisterung versetzt. Es wurd gehippt und gehoppt, beim „Mombach-Mambo" uff em Disch gedanzt, un ich hab Wissbade als das Traumbad besunge. Wissbade, immer en Reizthema in de Fassenacht for die Meenzer. Abber de Frank hot ebbes draus gemacht, dass kaam wehgedaa hot.

Nachts, wenn ich von Wissbade träum, und was ich da so versäum,

dann tut mein Herz mir so weh.
Nachts stell ich mir Wissbade vor, so wie ein himmlisches Tor,
und dann singt alles im Chor.
Dann locken mich von überm Rhein die fremden Rufer,
Männer aus Wissbade, so Kerls vom andern Ufer.
Wissbadner Leuchten seh ich, ach, die müssen hell sein.
Ach Gott, das wird doch nicht am End nur Mainz-Kastel sein …?
(…)
Nachts, wenn ich von Wissbade träum, und was ich da so versäum,
dann tut mir alles so weh.
Nachts dreht sich mir alles im Kreis. Manchmal nur weine ich leis,
und bleib dann doch – in Mainz-Drais.

Sehr gelacht habbe mir hinner de Kulisse aach immer
übber de Witz vom Norbert Roth, der sich im Stick
als „Castingstar" for die Fassenachtssitzung aagemeld
hatt un – wie die annern Männer aach – zwaamol in
verschiedene Persone uffgetrete is. De Norbert kam
abber jedes Mol mit gleichem Text. Der is dann vom
„Casting-Chef" Jobst, alias Frank Golischewski, unner-
broche worn: „Sagen Sie mal, waren Sie nicht vorhin
schon mal da?" Wodruff de Norbert jedes Mal mit seim
Satz: „Jaaaaaa, abber do hatt ich e anner Kapp uff!"
nit nur den Saal, sondern aach uns hinner de Kulisse zu
Begeisterungsstürme higerisse hot.

An jedem Obend hatte mer en Übberraschungsgast
debei, der sich aach bei dem „Casting" vorgestellt hot.
Mol war das de Herbert Bonewitz odder de Sven Hie-
ronymus odder de Begge Peder. Sogar die „Frau Bab-
bisch" alias Otto Dürr, die jeder noch aus de 60er Jahrn
aus de Bütt gekannt hot, un de Obberborjermooster
Jens Beutel stande bei uns uff de Bühn. In der Zeit

konnte mir „Meedcher" uns hinner de Bühn mit Hilfe von unserer Garderobiere Helen unser Leddermondurn aaziehe. In dene warn mir zuerst nit zu erkenne und die Leit habbe gedocht, es käm noch jemand Neues.

Unser „Rheingau-Rock" war der Knüller des Obends. Uff unserne Ledderjacke stand hinne in glitzernde Pajette: „Rheingau Röhren". Mir drei mit de unnerschiedlichste Figurn, von Größe 38 bis 52. Noochenanner sin mer bei dem Song uff de Biehn erschiene. Ich hab als „blondes Gift" mit ufftuppiertem Kopp un ner Riesesonnebrill aagefange mit: „Wo 's schöne Leedies gibt".

De nächste Satz kam von de Margit: „Wo nicht nur Riesling blüht." Die kam mit feierroter Mähn un ner Brill so groß wie klaane Waacheräder. Abber dann erschien Hilde Bachmann in ihrer Leddermondur in Größe 52 un hot mit brauner Tina-Turner-Frisur un ausgeflippter Sonnebrill gesunge: „Wo die Germania glüht – da heizen wir durchs ganze Land!" Jetzt warn die Zuschauer nit mehr uff ihre Stühl zu halle. Unser Uffmachung war schon die Eitrittskaard wert gewese. Jedesmol gab 's bei der Nummer en Ruck dorch 's Publikum, die Leut habbe sich schibbelich gelacht. Mir musste immer selbst uffbasse, um nit loszupruste un hatte Mordsspass.

Dass das alles so professionell geklappt hot, war nadierlich Sach von de Brigitte Backhaus, die schon seit Jahren vill Erfahrung im Unnerhaus mit Schauspieler hatt und die alle Lieder mit uns choreografisch eistudiert hot.

Die letzte und 52. Vorstellung war im Januar 2008. Alles war wie immer. Kaaner war traurisch. Der Frank hatt jo schon das zwatte Musical „Frisch und Munter" for uns geschribbe. Abber e bissje komisch war 's doch. De Vorhang ging uff, scheinbar war es wie immer. Aber plötzlich musst draus uff de Bühn ebbes bassiert sei, was mir nit von hinne sehe konnte. Die Männer babbelte plötzlich ganz annern Texte. Die Szene kam uns merkwürdisch vor. De Frank wurd hinne hibbelisch. „Was machen die denn da draußen? Das ist ja gar nicht mehr mein Text!"

Dann kam de Nick hinner die Bühn: „Schnaps! Irchendjemand hot in die groß Flasch echte Schnaps gedaa." Das war 's also, was unser Kolleeche irridiert hatt.

Schnaps statt Leidungswasser! Un kaaner hot demit gerechent, dass uns Meedcher de gleiche Schabernack gespillt wern sollt. In meiner Handtasch, von unserer Inspizientin Elena immer vorsorchlich un gut präpariert, war aach echte Schnaps! Wodka! Den riecht mer bekanntlich nit.

Als ich en große Schluck ahnungslos in de Mund nemme, hab ich nur uff den Moment gewart, wo ich das Zeich widder ausspucke konnt. Schnaps hot zu dem Zeitpunkt bei mir sofort en Migräneaafall ausgelöst.Die Margit guckt mich fassungslos aa, wie se sieht, was ich mache, un trinkt ihr Glas uff ex aus. In dem Aacheblickis se selbst so verschrocke, dass se von dem Momen aa nit mehr zu bremse war un hemmungslos losgelacht hot. Die Träne sin ihr vor Lache die Backe runnergeloffe, ich konnt mich aach fast nicht mehr beherrsche, und der Höhepunkt der Szene war dann der spontane Satz von de Hildegard: „No, ihr Meedcher, das is abber heit mol en gude Korze!" Spätestens jetzt hot das Publikum gemerkt, dass do ebbes nit stimme konnt.

Mir habbe es mit Humor genomme, den Übbeltäter wollte mer abber rausfinne. Von uns konnt 's niemand gewese sei. Alkohol uff de Bühn is absolut tabu. Zum Schluss hot sich unsern Techniker Hans ganz klaamännchesje gemeld un zugebbe, dass er sich den Spass for die letzt Vorstellung ausgedocht hot.

Nadierlich war kaaner sauer. Im Geeschedeil. Es wurd noch vill gelacht übber den Streich von dem sonst so zerickhaltenden Mann, der seit Jahren schon aaner von de beste Techniker is, den wo ich kennegelernt hab. So Geschichte derf mer nit vergesse. Darum hab ich se uffgeschribbe. For mich un for die annern all, die wo debei warn un es aach so erlebt habbe.

Zum Schluss bleibt mir noch aans zu saache: Eichentlich is die Trupp e klaa Wunner. Jeder is en Star uff sei Art un jeder hält sich zugunste von de Annern zerick. Kaaner will seim Kolleech ebbes fortnemme und jeder is bemüht, dass das Klima in de „Feucht-und-Fröhlich-Familie" gut un harmonisch bleibt.

Naa, ich glaab an kaan Zufall. Es is Bestimmung von irchendjemand, der wo das gesteuert hot, um so ville Leit in ere schwierische Zeit vill Spass zu mache.

Un do musst en Mann, der gebürtisch aus Bottrop is un jetzt im Schwarzwald lebt, naach Meenz komme un mit so eme scheene Theaterstick ganz Meenz uff de Kopp stelle.

Ich hoff, dass de Frank noch ville musikalische Spurn in unserer Geeschend hinnerlässt.

MEI ELDERNHAUS

In Martinsthal im Rheingau bin ich geborn.

Für mich war un is es immer noch aans von de schönste Fleckcher uff de Welt. Das kann mer allerdings nur behaupte, wenn mer en Deil vom Rest der Welt gesehe hot. 1972 als Deutsche Weinkönischin un später mit meim Mann Fritz hab ich fast alle Kontinente bereist un hatt die Geleeschenheit, viele interessante Mensche, deren Kuldur un en Deil von de Landschafte, in dene se lebe, kenne zu lerne. Jedes Land hot sein eichene Reiz. Übberall war un is es faszinierend, weil es jedes Mol ebbes Neues zu entdecke gibt. Abber wie gern komm ich immer widder haam in mein Rheingau, zurick in mei Örtche, mei Martinsthal: Hier bin ich dehaam.

Hier lieje aach die Wurzele meiner Familie. Ich geheer väterlicherseits zu de Diefenhardts. Die kame ursprünglich aus Hattenheim. Mein Urgroßvadder, de Jacob Diefenhardt, war von 1902–1921 „Königlicher Weinbergsverwalter" un zustännich for die Distrikte Rauenthal, Eltville un Kiedrich. Er war aagestellt von de königlich-preußische Domäneverwaltung in Berlin. Heut sin es die hessische Staatsweingüter, die dem Land Hesse geheern.

1917 hot de Uropa for ungefähr 20 000 Goldmark das jetzige Weingut Diefenhardt in Martinsthal, das ganz früher em Junggeselle, dem Baron von Reichenau, geheert hot, erworbe. Uff dem Hof is schon seit ville Generatione Wei gemacht worn. Die Keller, die in U-Form unner de Erd rund ums Haus verlaafe, stamme aus em 17.Jahrhunnert un wern heut aach noch als Fassweikeller genutzt.

Familie Diefenhardt: Rosel, Ludwig und Lene mit ihren Eltern Jacob und Maria Diefenhardt, ganz rechts die Tochter Ria.

Mei Urgroßeldern Jacob un Maria Diefenhardt hatte vier Kinner: Die Meedcher Ria, Lene un Rosel un aan Bub, de Ludwig. Die Ria un de Ludwig sin leddisch geblibbe. Die Rosel war verheirat mit em Mann namens Wetteskind, der korzzeitisch aach emol Borjemoster in Martinsthal war. Un die Lene war dorch die Hochzeit mit dem Frauenarzt Dr. Hans Seyffardt in Düsseldorf aasässich. Das war die Aanzisch, die wo Kinner krieht hot: Zwaa Bube, de Hanshermann, Jahrgang 1924, und de Werner, der 1930 geborn is.

In de letzte Kriegsdaache im Jahr 1945 is mein Großonkel Ludwig im Alter von nur 46 Jahr in de Scheuer verunglickt. Er is so unseelisch von ner Leider gesterzt, dass er zwaa Daach später an de Folche gestorbe is. Meim Urgroßvadder is beim Schreibe von de Doodesaazeiche von seim aanzische Sohn wohl vor Kummer übber den große Verlust aafach sei Herz stehe geblibbe, sodass die Familie uff aan Schlaach nit nur zwaa Beerdichunge zu bewältische hatt, sondern aach plötzlich ganz ohne männliche Nachfolcher do stand. Wer sollt jetzt das Weingut übbernemme?

Die leddisch Tante Ria war zu der Zeit noch Lehrerin in Köln, die hot sich in die Buchführungsarbeite vom Weingut nebeher so langsam eneigeschafft un vorsorchlich en Stell in Wissbade an ner Realschul aagenomme.

De Schwiechersohn Wetteskind wollt das Weingut zwar unbedingt übbernemme, war abber in de Familie nit gut gelitte. Die Urgroßmudder hot em en Strich durch die Rechnung gemacht un sich aan ausgesucht, der zu der Zeit noch ganz annern berufliche Plän hatt: ihrn Enkel Hanshermann. Der sollt Weibau in Geisenheim studiern un sein Wunsch, Architekt zu wern for den Erhalt des Weinguts an de Naachel hänge. Somit kam der Name Seyffardt im Weingut der Diefenhardts zum erste Mol ins Spiel. Hanshermann, mein Vadder, hot dem Verlange der Familie aach nur deshalb gleich un gern naachgebbe, weil er schon seit einischer Zeit en Liebschaft in Martinsthal hatt, die er – schon durch die Kriegsjahre bedingt – nur im Urlaub sehe konnt. Die Aussichte, seim Meedche endlich näher zu komme als nur durch glühende Liebesbriefe, hot em die Entscheidung leicht gemacht.

Mei Mudder Rosemarie, e geborne Kessler, war Wirtsdochter vom ehemalische renommierte Martinsthaler Gasthaus „Zur Linde". Die hot im Krieg ihr Ausbildung zur Haushaltungsleiterin in Schloss Heiligenstein an de Bergstraß gemacht. Die Gutsherrin Diefenhardt hatt nadierlich druff geacht, dass sich de Hanshermann jemand aussucht, der in die Familie basst. Un so war es grad recht, dass er sich so en schaffisch jung un immer strahlend Mensch ausgesucht hot, die aach noch in de Haushaltsführung perfekt war. So jemand konnt mer in eme Weingut gut gebrauche. Un de Hanshermann war übberglücklich, das domols scheenste Meedche vom Ort erobert zu habbe. 1950 is geheirat worn un sie hätte es fast bis zur Goldene Hochzeit geschafft, wenn er nit e paar Monat vorher am Herzinfarkt gestorbe wär. Abber die Eldern hatte uns Kinner vermittele kenne, was es bedeut, bis zum Dood minanner glücklich zu sei.

Doch zurick in die Vergangeheit. Leicht hatte die zwaa verliebte Turteldäubcher es aafangs von ihrer Ehe grad nit. Die jung Rosemarie musst sich geeche die übriche Weibsbilder in de neu Familie dorchsetze. Un de frisch gebackene Weinbauingenieur Hanshermann – der nooch em Notabitur in Geisenheim Weinbau studiert hatt – hatt sei Not, dass sei Weigut nit gleich „verschnuckelt" worn ist. Er musst nämlich uffbasse, dass die Oma un die Tante nit allzuvill Wei geeche Schokolad un annern Süßichkeite geschrottelt hatte. Die sieße Köstlichkeite sin dann bis zum Verzehr in de alt Standuhr im Probierzimmer versteckelt worn. Un es war sicherlich nit wenisch, was sich in den ville Jahrn so aagesammelt hot, bevor 's verkassemaduckelt worn is. An de Figur von de Tante konnt mer das noch bis zu ihrm Lebensend sehe, was sich da an Hüftgold übber die Jahrn abgesetzt hot.

Im April 1951 kam ich als Ulrike Seyffardt uff die Welt, mein Bruder Hans Peter wurd im Mai 1954 geboren, mei Schwester Ariane im Dezember 1957 un unsern Nachzüchler Stefan hot im Mai 1962 das Licht der Welt erblickt. Ich war also der erste Spross, der frische Wind ins Haus gebracht hot. Eichentlich sollt ich en Ulrich wern, denn die hatte all uff en Bub gesetzt. Ulrich hieß 1466 de erste Diefenhardt. Pech gehabt! Trotzdem bin ich naach Strich un Faden von alle verhätschelt worn. Besonnerst die Uroma Diefenhardt hot uffgebasst, dass dem klaane blonde Bobbelsche nix bassiert.

Jetzt is schon vill Wasser de Rhei runner gelaafe un die Zeit rast an aam vorbei.

Seit einische Jahrn führt mein Bruder Hans Peter mit seiner Fraa Margit das Weingut. Die habbe zwaa piffische Meedcher, die Diana un die Julia, von dene mer noch nit waaß, ob die mol Spass am Weingut habbe. Mein Bruder Stefan is genau nach 100 Jahrn in die Fußstappe vom Urgroßvadder Diefenhardt getrete. Er is heut „Außenbetriebsleiter der hessischen Staatsweingüter GmbH Kloster Eberbach." Mit seiner Fraa Andrea hatt er den Gutsausschank „Im Baiken" eröffnet und übber zehn Jahr lang mit großem Erfolch geführt. Aach in dere Familie gibt 's zwaa goldische Meedcher, die Lisa und die Marie. Alles Weibsbilder! Nur mei Schwester Ariane, die mit ihrm Mann Franz-Josef seit ville Jahren den übber alle Grenze enaus bekannte Gutsausschank im elderliche Weingut führt, hot – außer ihrer Dochter Lara – zwaa Bube, de Dominik und de Martin, uff die Welt gebrocht. Sin alles kaa Winzer worn.

Un so stellt sich für die nächst Generation – wie domols 1945 – widder die Fraach: Wer wird das Weingut emol übbernemme? Es wär jo genuuch Nachwuchs do.

Abber das schreib ich dann, wenn ich 's genau waaß.

19

UNSER CHATROOM WAR DIE GASS

Wer die 50er odder 60er Jahrn als Kind **er**lebt hot, kann kaum fasse, dass er die so lang **übber**lebt hot. Mir habbe in de Audos – soweit übberhaupt schon vorhanne – ohne Sicherheitsgurdde odder Eerbäggs gehockt. Wenn gebremst worn is, hot de Vadder nur gerufe: „Achtung! Es werd gebremst." Do habbe mir Kinner uns im hinnere Deil mit de Fieß fest an de Vordersitze abgestitzt.

Die Fläschjer mit Bleichmittel un annern giftische Sache aus em „Tante-Emma-Lade" warn ohne Sicherheitsverschluss schnell uffzudrehe. Un beim Fahrradfahren hatte mir aach nie en Helm uffgehabt. Unser Generation hot Wasser aus de Bach un aus em Krane getrunke un nit aus versiechelte Metallbichse odder widder verwendbare Plastikflasche.

Die klaane Bube habbe Karl-May-Bücher gelese un dann im Wald mit Holzschießgewehre als Indianer und Cowboys die Geschichte nachgespillt.

Mir Meedcher hatte außer Bobbe oft noch en Kauflade mit alle Ardikkel, die es aach im große Lebensmittellade gab. Das warn naachgemachte, ganz klaane Babbedeckelpäckelcher, die mit grellbuntische süßem Puffreis gefüllt warn.

Für fünf Penning gab 's Babierbrausedutscher. Mit Waldmeister-, Zitrone- odder Himbeergeschmack. Ahoi-Brausepulver. Uff de Zung hot 's so sauer gebizzelt, dass mer das sei Lebe lang in Erinnerung behält. Die gibt 's immer noch, genau wie frieher.

Die scheenst Zeit war for uns, wie aach for die Kinner heut, nadierlich: die Ferie.

Do sin mir moins aussem Haus zum Spille un sin

de ganze Daach fortgeblibbe. Mir musste erst widder dehaam sei, wenn die Strooßelaterne schon gebrennt habbe. Niemand hot gewusst, wo mir warn! Es gab jo noch kaa Handy un so konnt uns aach kaaner nachspioniern.

Beliebt warn Gassespillcher wie „Hickele" odder „Ochs am Bersch". Bei dem Spill musste sich die Kinner in eme Abstand von ungefähr fuffzeh Meter hinner dem uffstelle, der wo de Ochs spille dorft. Der hot die Wand aageglotzt un laut gerufe: „Ochs am Bersch!". Dann hot er sich schnell erumgedreht un geguckt, ob sich jemand beweecht. In dere Zeit, wo der sei Sprüchelche uffgesaat hot, sin die annern nämlich schrittweis in Richtung Wand vorgerickt un blitzartisch erstarrt, wenn de Ochs sich umgedreht hot. Wenn sich noch aaner beweecht hot, war der de Ochs.

Am Uffreechendste war abber „Schellekloppe". Das war am beste, wenn mer zu dritt odder viert war. Aaner hot an ner Dür im Ort gekloppt odder geschellt un is dann schnell zu de Annern um die Eck geflutscht. Do hot mer dann gewart, bis die Leit eraus kame un geflucht habbe.

Was sich heitzudaach weeche dem dichte Audoverkehr nit mehr spille lässt, war „Fassenachtszoll kassiern". Am Fassenachtssonndaach war es bei uns üblich, dass die Kinner die Gass mit bunte Luftschlange abgesperrt hatte. Hibbe un dribbe uffem Trottewar stande die maskierte Kinner un habbe die Audos aagehalle un die Fahrer uffgefordert, Fassenachtszoll zu bezahle. Fünf Penning war das Mindeste. Nadierlich hot sich so mancher Audofahrer beschwert un die buntisch Babier-Absperrung aafach beim Dorchfahrn verrobbt. Abber

21

Fastnacht 1957 bei uns im Hof: ich als Zigeunerin, mein Bruder Peter als Cowboy und die Geschwister Ruthild und Ralfi Kohl als Clown und Teufel

wann mer insgesamt fuffzisch Penning gesammelt hatt, war mer 's aach leid.

En eher gefährlich Spill war das „Fassrolle". Die offene große Bottiche sahe aus wie riesengroße Eimer aus Holz. Die habbe die Winzer zum Saubermache for die Flasche benutzt un alsemol zum Trockene in de Hof gestellt. Aanes Daachs kam mei Freundin Marika mit ihrm Kusseng Willi uff die Idee mit dem „Fassrolle". Aaner musst sich eneihocke, sich mit Fieß un Ärm an de Wänd abstitze un is dann hi un her gerollt worn, bis es dem schlecht worn is. For aa Tour habbe se zwaa Penning genomme. Der „Rollunternehmer", de Willi – en Nachbarskind – is nit reich worn. So en „Fasstour" hot mer meist nur aamol gemacht.

Aach Spillcher an de Bach warn nit ungefährlich. Uff dene glitschische Bachkatze – wie mer die dicke, runde

22

Staa nennt – is mer oft ausgerutscht un higeplotscht, dann meist noch in en Glasscherbel gesterzt un hot sich debei die Fieß blutisch verschnitte. Geflennt is nit worn: haam un en Plaster druff und widder in die Bach gehippt.

Kaulquappe gab 's domols in Masse. Die habbe mer gefange un se dann in Weckgläser mit Bachwasser uffbewahrt. Vergeblich habbe mer gewaart, dass Frösch draus wern. Länger als vier Daach hot allerdings do kaans von dene zappelische Froschkinner in unserer „liebevolle" Obhut übberlebt.

Soweit unser Freitzeitbeschäftigunge. Schulzeit is aach Lehrzeit. Un dort ging 's frieher annerst zu als heut. Die Pauker hatte mehr Rechte, wenn 's um die Erziehungsmaßnahme ging.

In de Volksschul gab 's von de Frau Lehrerin bei „Unaufmerksamkeit" mit em klaane Holzstecke schon emol so fest aans uff die Finger, dass mer rote Striehme uff em Handrücke hatt. Domols habbe die Eldern nix dribber gesaat. War alles normal. Das hot sich Gott sei Dank heutzudaach geännert.

Nach em Middaachesse gabs erst die notwennische Hausuffgabe un dann ging 's naus uff die Gass odder in de Wald. Mir Kinner domols warn ständich an de Luft un in Bewechung! Schon allaans desdeweeche, weil jo noch kaa „Super Nintendo 64 Playstation" odder das Indernet mit em Teenie-Chatroom erfunne war. Unser Chatroom war die Gass un do habbe mer uns mit Freunde getroffe un gegickelt un gespillt. Aach geschennt un gepetzt un die Bube habbe sich oft geknibbelt, dass die Fetze nur so geflooche sin.

Wie immer un übberall gab 's arme un reiche Leit im

Ort. Für uns Kinner war do kaan Unnerschied. Do, wo die Leit oft mehr als fünf Kinner hatte, die sich nur sunndaachs e Stickelche Fleisch leiste konnte, do habbe mir uns – ohne drübber nachzudenke – oft an de Disch mit dezugehockt un Zuckernudele gesse. Das warn Breitbandnudele odder Makkaroni, in Wasser gekocht un mit dick Zucker bestreut, die dene derre Kinner e bissje Fett uff die Rippe gebrocht hatte.

Es hot uns aach kaaner in die Turnstund odder in die katholisch Frohschar mit em Auto gebrocht und abgeholt. Ich hatt en Freundin aus em zwaa Kilomeder entfernte Rauenthal, die ich jeden Daach nur zu Fuß besuche konnt.

Wie konnte mir mit so wenisch die Juuchendzeit eichentlich übberlebe? Wie war das domols alles nur meechlich?? Mir hatte alles un doch nix un hatte en unbeschwert Kindheit.

Ich bin froh, dass ich in ere Zeit groß worn bin, wo mer das alles noch so unbedarft erlebe konnte. Ich bin abber aach froh, dass ich zu der Generation geheer, die die ganze Erfindunge im technische Bereich noch aktiv erlebe un nutze kann. Es geht uns doch trotz allem Gejammer gut. Mir sin die Generation aus em letzte Jahrhunnert, der es am beste gange is. Wer druff acht, sich gesund zu erhalle, zum Beispill mit Ausdauersport odder gesunder Ernährung, hot aach noch die Chance ‚richtisch' alt zu wern un debei fit zu bleibe.

Gut so, wie es is un war!

In de frühe fuffzischer Jahrn gab 's en berühmte Ki-
nofilm; do ging 's um die Toxi, en schwarz Besatzungs-
kindche. Das Meedche hatt en schwarze Vadder, der nit
mehr uffzufinne war, un en Mutter mit weißer Haut-
farb, die im Film gestorbe is, un sonst hatt das arme
Kind kaa annern Verwandte mehr. Bei erer deutsche
Familie is es schließlich uffgenomme worn. Un damit
die Geschicht en glicklich End nemme konnt, is genau
am Weihnachtsobend de Vadder aus Übbersee widder
uffgetaucht und hot die Toxi mit zu sich un seiner neue
Frau haamgenomme.

Der Film war sehr erfolchreich, un so hot aach die
Bobbe-Industrie nit lang gezöchert un schwarze Böpp-
cher hergestellt.

Mei Tante Ria, die in Wissbade gewohnt hot, hatt so
en dunkelhäutisch Bobb. Die hot se „Afra" gedaaft.
Das war die scheenst Bobb, die ich je gesehe hab. Die
konnte mir Kinner nit mit haam nach Martinsthal nem-
me. Mit der dorft ich nur spille, wenn ich bei de Tante
zu Besuch war. Vielleicht aach en Trick von de Tante,
damit mer se desdeweeche öfters besucht habbe.

Das Besonnere an de Afra warn ihr dunkelbraune Aa-
che mit aagebabbte lange echte Wimpern, die nit nur
uff un zuginge, sondern aach nach rechts un links gucke
konnte. Kaans von meine annern Bobbe konnt das.

Die hatte mit ihre meist blaue Glasaache nur starr gra-
daus geguckt. Deshalb war mir die Afra aach immer e
bissje unheimlich vorkomme.

Weil sich Bobbe abber nit wehrn könne, hab ich aanes
Daaches die „lebendische" Aache solang unnersucht, bis

ich se schließlich in de Kopp ingedrickt hatt un se dann beide gleichzeitig mit eme laute „Plopp" verschwunne warn. Zu Dood verschrocke hab ich als erstes versucht, mit meine klaane Finger dorch die zwaa dunkle Löcher die Aachelscher, an dene aach die schwarze Wimpern aageklebt warn, widder erauszufische.

Von do ab sin se wie Klicker im Bobbebauch erumgekullert. Es war nix zu mache: Die Afra musst „operiert" wern!

In Wissbade gab 's en Bobbeklinik. Do hot mer se higebrocht. Da Bobbe jo die Eigenschaft habbe, nur for Kinner lebendisch zu wern, wollt ich se unbedingt im Bobbekrankehaus besuche, um se zu tröste. Nix. Die Afra müsst jetzt erst widder gesund wern, hot 's gehaaße. Die könnt kaan Besuch empfange. Die Aacheoperation wär sehr schwierich.

Mei schlecht Gewisse is dodemit ständisch wach gehalle worn. Die arm Afra. Wie werd mer die Aache jetzt aus dem Bauch erausschneide? Un wie setzt mer se dann von auße widder nei? Es hot mich beschäftischt un gequält.

Korz vor Weihnachte hot uns die Oma dann verzeehlt, dass das Christkind die Afra persönlich im Krankehaus abhole deht un se an Weihnachte unner de Chrisbaum setzt, wenn mer nur brav wärn.

Vor Weihnachte sin jo Kinner meistens brav. Do könne die Eldern mit jedem Erpressungsversuch die Bälsch ruhig stelle. Zum Beispill so:

„Wenn ihr jetzt nit lieb seid, kimmt 's Chriskind übberhaupt nit. Das fliegt dann bei euerm Gezuchtel grad am Fenster vorbei zu de annern Kinner. Un es gibt für euch aach kaa Geschenke. So, jetzt übt schee Weihnachtslieder, schnuckelt kaa Plätzjer un macht euch nit mehr dreckisch vorm Esse."

Bis heut habbe Eldern mit dene erzieherische Maßnahme noch Erfolch.

Nadierlich sin un warn die Geschenke an Weihnachte for Kinner das Wichtischste. Do wern die Befehle von de Erwachsene gern befolcht.

De Heilich Obend kam. Ich hab versucht, dorch 's Schlüsselloch zu lubsche, konnt abber nix sehe, weil 's de Vadder zugebabscht hatt. Später hot die Oma uns verzeehlt, dass mer blind wern deht, wenn mer das Christkind sehe könnt. Nur Erwachsene wüsste, wie es aussieht, derfte abber de Kinner nix verroode. Komischerweise übernimmt mer später so en Unfuuch un verzeehlt en noch Generatione immer widder uff 's Neu.

Dann war 's soweit. Drin hot jemand ganz leise mit dem Glöckelsche gebimmelt. Endlich ging die groß Wohnstubbdür uff. Der erste Blick uff den zimmerhooche Christbaum war jedes Mol en uffreechende Moment. Er hot im hellste Kerzeschei hell geleucht. Die bunte Kuuchelcher aus Glas un die vergoldne Dannezappe lubschte zwische dene ville Lamettastreife glitzernd eraus. Obbe an de Kipp war en groß Engelsche aus Silberglas. Unnerm Baum hot die Kripp aus Holz gestanne. Runderum war wie jedes Jahr Moos verdeilt. Das Jesuskinndche in de Kripp war aus Wachs un hatt – seitdem ich denke konnt – immer nur aan Arm. Der anner muss irchendwann emol abgebroche sei un is em Vatter sicherlich jedes Jahr erst beim Dekoriern immer widder uffgefalle. Aach de Ochs war mit seine drei Stempel e bissje wackelich uff de Baa un hot sei ganz Lebe so verbringe misse

Schon bevor die Bescherung richtisch losgange is, habbe die Mutter, die Tante un die Omas vor Rührung Rotz un Wasser geflennt. Bis de Vadder sich geräuspert un das Lied: „Stille Nacht, heilige Nacht" aagestimmt hot.

Mir Kinner musste nadierlich mitsinge, abber unnerdesse ginge unser Blicke im ganze Zimmer erum, wo uff verschiedene Sessel die Geschenke for jed Kind uffgebaut warn. Do hab ich se endlich entdeckt. Die Afra. Sie hot uff klaane un greeßere Weihnachtspäckelcher gehockt un mir ihr Ärm entgeesche gestreckt. Mir is ganz heiß worn. Ich musst abwarte, bis die ganze Palett von Weihnachtslieder geträllert worn is un sich die Familje mit vor Rührung träneerstickter Stimm „Frohe Weihnachte" gewünscht hot. Un dann bin ich uff die Afra losgesterzt, die nur übber Weihnachte zu Besuch in Martinsthal war un vom Chriskind perseenlich abgebbe worn is. Vorsichtich hab ich se hochgehobe un dann mit em ferschterliche Schrei losgeplärrt: „Das is nit mei Afra. Die hier hot jo blaue Aache, die sich nit mehr beweeche un nur gradaus gucke. Ich will die Afra widder mit de braune Kulleraache."

Es war nix zu mache. Braune Aache warn offenbar in de Bobbe-Klinik grad aus, do habbe die halt blaue Aache eigesetzt. Ich konnt vor Flenne kaum noch aus meine eichene gucke un hab die ganze Weihnachte uffs Chriskindsche geschennt, weil 's bei dene Bobbedoktern nit uffgebasst hot.

Die Geschicht is mir widder eigefalle während ner Weihnachtsfeier in eme feine Frankfurter Hotel im letzte Jahr. Dort is grad de Wei kredenzt worn.

Un plötzlich stand se leibhaftisch vor mir. En Serviermeedche, so schee wie ich lang kaans mehr gesehe hatt. Es hot mich wie en Blitzschlaach getroffe. Sie hot ausgesehe wie die Afra. Lange glatte Haar, sammegebunne zu eme rabeschwarze Pferdeschwanz, dunkelbraune Aache mit lange schwarze Wimpern, die feurich gefunkelt habbe, un mit em Figürsche, wie mer 's nur bei Bobbe find.

Ich war so faszniert, hab se beigewunke un ihr ins Ohr gepischbert:

„Sie sind eine bildschöne Frau und Sie erinnern mich an meine Lieblingspuppe, die ich als Kind hatte. Woher kommen Sie?"

Sie war übber mei Kompliment offenbar hoch erfreut und hot mich aagelächelt: „Aus Eritrea", saat se.

„Meine Puppe hieß Afra", hab ich ihr gesaat.

„Afra? Das ist ja interessant", hot se geantwort, „so nennt mich meine Mutter mit Spitznamen. Ich heiße auch Afra."

Afra! Den Name hab ich in meim Lebe nie mehr geheert und dann so en Zufall?

Tja, wenn 's en Märche gewese wär, hätt ich 's nit uffgeschribbe. Abber wie so oft: Die scheenste Weihnachtsgeschichte schreibt das Lebe selbst.

Un mir war widder en Zippelche glicklicher Kinnerzeit in Erinnerung komme.

ZORES IN BICHSE

Es gab nit ville Leut, die sich in de fuffzischer Jahrn schon en Audo leiste konnte. Im Winzerhaushalt brauchte mer allerdings aans. Mer konnt den Wei jo schlecht im Leiderkarrnche zu de Kundschaft, zum Beispill naach Wissbade, bringe. Un so kam ich schon als klaa Kind in den Genuss mit meine Eldern im Audo in die Ferie zu fahrn. Zunächst allaans, ohne mei Geschwister.

Un zwar in eme Opel Kapitän. En Audo, was mir als Kind fast so groß wie en Schiff vorkam. Vielleicht hot sich mein Vadder den aach nur deshalb ausgesucht, weil er früher bei de Kriegsmarine uff em Kreuzer als Offizier gefahrn is un am Lenkrad Kapitänsgefühle krieht hot. Unser Urlaubsziel in Idalien war in de erste Jahrn immer Senigallia an de Adria. Gewohnt habbe mer dort uff em Kempingplatz in eme Zelt.

Das is abber mit de Jahrn zu klaa worn, weil mei Mudder noch mei drei Geschwister uff die Welt gebrocht hot. Do wurd dann de Kapitän eigedauscht in e klaa Hanomagbusje, das normalerweise sei Dienste in de Wingert erledischt hot, zum aane die Traubeleser zu fahrn odder aach mit Kiste von Wei belade die Kunnschaft zu besuche.

Im Sommer wurd die Wingertskutsch vom Vadder umgebaut zu userm mehr odder wenischer heimelische Familjemobil. Un dann ging 's in die Sommerferie mit vier Kinner uff die Audobahn un zum Kemping nach Idalien.

Hinner Wissbade hot die Fresserei schon aagefange. Mei Mudder war mit beleechte Brote, hartgekochte

Eier, Tomate, Äppel un heiße Tee in Thermoskanne ausgerüst, den mir in dem hartgefedderte Audo allerdings mehr verschitt als getrunke hatte.

Mer warn noch nit an Groß-Gerau vorbei, do rief schon aans: „Wann sin mern endlich do? Kann mer schon das Meer sehe?" Staus gab 's zwar kaa, abber die Audobahne warn für 's Schnellfahrn noch nit präpariert.

Hinner Darmstadt fing mei Schwester Ariane aa zu flenne, sie müsst uff 's Klo un bei Karlsruhe war mir dann vom „In-die-falsch-Richtung sitze" so rackeschlecht, dass schnell aagehalle wern musst, damit ich mich übbergebbe konnt. Aagesteckt von meiner Kotzerei habbe mei Geschwister aach all de Reih nach am Strooßerand gereihert un weiter ging 's.

Das Gequängel hot allerdings bis ans Ziel nit mehr uffgeheert. Heut fraach ich mich alsemol, wie die Eldern das mit uns ausgehalle un vor allem, warum se das Chaos immer widder freiwillisch mitgemacht habbe. Abber Idalien war halt kaan Rheingau un es war modern, dass mer do hifährt. Egal wie! Seit 1954 die Visapflicht abgeschafft worn is, war Idalien das „Traumurlaubsland" for alle die Deutsche, die sich vom Kriech schon e bissje erholt hatte.

De Brenner nuff gab 's noch kaa Audobahn un so musste mer all die klaane Kurve übber die alt Brennerstroß aushalle. Immer widder sin Kotzdutte verdeilt worn, um das Busje sauber ze halle. Am Brenner selbst is dann endlich Rast gemacht un übbernacht worn. Abber nit im Hotel, sondern – wie es sich for handfeste Urlauber geheert – in unserm Kempingbusje.

Der Disch is in de Mitt runnergeklappt, die Polster von de Sitz gleichmäßisch druff verdeilt worn, Bettwäsch drübber geworfe, un schon war das Doppelbett von unsere Eltern fertisch. Mein Bruder Peter un ich sin im hinnere Deil in de Näh von de improvisiert Kich uff dicke Luftmatratze abgetaucht. Unsern domols zwaa-jährische Stefan hot zwische de Eltern gelehe. Un vorn uff em begehrte Fahrersitz konnt sich mei Schwester Ariane uff ner Luftmatratz breit mache.

Die Nacht wern ich mei Lebdedaach nit mehr vergesse: Die Fieß vom Peter alsemol direkt im Gesicht, de Gestank von ere volle Winnel vom Klaane in de Noos, en genervte Vadder, en verzweifelt Mudder, so konnt kaaner en Aache zumache. Un bei jeder Beweechung kam die Kist ins Schwanke, sodass mer sich von auße sei Gedanke mache konnt, was dodrin abgeht. Da es kaan offizielle Campingplatz gab, sin die Fenster aach nur en Stickelche uffgemacht worn. Die spießische Vor-hängelscher warn zugezooche. Plötzlich konnt mer fol-schendes Gespräch im Kölner Dialekt vernemme:

„Wat ist denn mit dem Bus da vorne? Der wackelt ja janz schön hin und her. Ob da ein Liebespärchen drin is?"

„Ne, guck mal dat Autokennzeichen. Steht RÜD nicht für Rüdesheim? Da jibet doch so juten Wein?"

„Ja, die haben sich sicher damit in den Schlaf jetrun-ken und fallen wohl jetzt sturzbetrunken im Bus rum."

Seit der Zeit versteh ich die Blicke von de Leit, die erst uffs Kennzeiche und mir dann ins Gesicht gucke. Zu RÜD saache garstische Mensche heut noch „rechts überholende Dorfbewohner".

Daachsdruff, am späte Middaach, kame mer in un-serm neue Ferijeort Marina di Ravenna uff em Kem-pingplatz aa.

Wenn die Sonn geschiene hot, war 's gut, dann konnt de Vadder mit uns in aller Ruh das sogenannte Vorzelt uffbaue. Mir Kinner dorfte nämlich nit sofort ans Meer, sondern musste erst die metallene Hering aareiche, die de Vadder dann mit eme gewaltische Holzhammer in de Boddem gerammt hot.

Wenn 's geschitt hot wie mit Kübbel, dann hatte mer Pech un musste solang im Bus übbernachte, bis es zum Zeltuffbau trocke genuuch war.

Nachts bezooche mein Bruder Peter un ich im Vorzelt uff Luftmatratze unser Lager. Daachsübber war 's unser „Wohnzimmer". Die Mudder hot jeden Middach uff ner Gasherdplatt unser Lieblingsesse gekocht: Spaghetti mit Tomadesooß un Hackfleisch odder Hackfleisch mit Tomadesooß un Spaghetti un geeche unsern Wille gab 's aach frische Bohne vom Markt, fei geschnibbelt un mit gewerfelte Kardoffele vermengt. Das Ganze is dann mit e bissje Essich schliff gemacht worn un war zu eme gude Stick Fleisch odder Worscht en kräftisch Mahlzeit for die hungrische Strandhibber. Abber es gab noch ebbes Besseres: die domols noch ungeweehnlich un knusprisch scharf Pizza vom Buudsche geescheübber. Die hot mein Vadder am liebste gesse. Nit zu vergesse, das herrliche Obst! So dicke, zuckersieße, honischfarbene Pfirsisch gab 's nit im Rheingau. Gleich steicheweis ham mer die uffem Markt kaaft. Un was habbe mer die kuuchelrunde, grün-gestreifte Wassermelone geschlappscht, die mer zu dere Zeit bei uns in de Läde aach noch nit kaafe konnt.

Obends um sechs Uhr musste alle Urlauber in ihr Zelte un Wohnwaache verschwinde. Do sin die Schnookejäächer mit ner Rückespritz uff em Buckel de ganze

Platz abmarschiert un habbe Gift geeche die Stechmicke gesprüht.

Mit Schnooke un Ameise macht mer als echter Nadurkemper immer sei Erfahrungen. Den ganze Urlaub übber. Das war so un das werd aach so bleibe. Aamol en Bonbon odder en Stickelche Obst im Vorzelt liehe gelosse un Heerscharen von Amutzele verbreite die Nachricht übber die sieß Köstlichkeit in Windeseile an ihr millioneschwer Verwandtschaft weiter. Dausende von Ungeziffer ziehe wie uff Ameiseaudobahne dann ins Zelt, um sich all an dem Gutsje satt zu fresse.

Mir Kinner hatte scheenere Begechnunge, nämlich mit Kinner in unserm Alter. Un weil mir domols kaan Kombjuder odder Fernsehe geweehnt warn, im Geeschesatz zu de heitisch Juuchend, konnt bei uns in dene drei Woche aach kaa Langeweil uffkomme. Mir habbe im Meer geplanscht, uns im Sand eigebuddelt, Muschele gesucht un Versteckelches uff em Kempingplatz gespillt. Aus de Lautsprecher am Strand un in de Gasse hot mer die scheenste Idalienlieder geheert, die so mancher von uns bis heut noch trällern kann. Zum Beispill das Lied von de „Caprifischer" un „Volare" odder aach „Komm ein bisschen mit nach Italien" usw. Ach, es waren herrliche unbeschwerte Woche in dem klaane Paradiesje uff em Kempingplatz.

Heut deht ich so en Urlaub freilich nit mehr mache, mer is jo so verweehnt un: Nadurkind hi, Nadurkind her – ich bin kaan Kemperfreund worn!

Es war aach mein Vadder selbst, der die Zelterei emol so genennt hot, wie se aach werklich war: „Zores in Bichse".

HOHOHO DIE FASSENACHT IS DO!

Bei meine Eltern ging' s an Fassenacht frieher immer hoch her. Do is noch richtisch gefeiert worn. Gedanzt habbe se mit ihre Freunde wie die Lumpe am Stecke. Die Mussik kam vom Tonbandgerät. Unser Etikettierraum – aach „Säälche" genennt – is ausgeräumt un mit Fassenachtskulisse ausgeschmückt worn. Daachelang hot de Vadder mit seim Freund Karl-Heinz gebastelt. Der Raum war nit widderzuerkenne. Mer hätt denke kenne, es wär en Wohnung mit lauter klaaner Zimmercher, die mit Vorhäng zugehängt warn. Dehinner war dann die Bar odder des Büffee versteckelt. Vielleicht war 's aach en Meechlichkeit, e bissje hinner so em Vorhang uff Luftmatratze zu knuutsche. Die „Wänd" bestande aus Babbmaschee odder Spanplatte, die de Vadder mit buntglänzender Folie „dappeziert" un mit Luftschlange und bunte Bilder verziert hot. „Tausendundeine Nacht" war mol en Motto. Do sin die Männer als Scheichs in Bettücher un die Fraue als bauchnabbelfreie Dänzerinne komme. Do warn se noch all jung un knackisch – jedenfalls e paar devon.

Mich habbe se als Spitzedänzerin im Ballettröckelche ufftrete losse. Dodenooch musst ich leider immer sofort ins Bett. Ich wär so gern geblibbe, um die Erwachsene zu beluern. War abber nix zu mache. Bis moins konnt mer se singe heern. Doch, die Eltern habbe sich immer viel Müh gebbe, um so en Fest werklich zu eme Großereichnis wern zu losse.

Wenn mer als Kind uff die Art an die Fassenacht draa gefiehrt werd, dann hält das en Lebe lang. Mer is dorch un dorch Fassenachter. Un jedes Jahr hot die Oma uns Kinner neue Kostümcher genäht.

Noch bevor ich als Prinzessin odder Funkemarieche uff die Kinnermaskebäll dorft, bin ich bereits im Alter von vier Jahr mit Fassenachtsmussik infiziert worn.

Ich hab heut noch Tonbanduffnahme von mir un meim Vadder, wo er mir fast alle Kölner Fassenachtsschlager beigebrocht hot. De erste aus em Jahr 1954, den ich mit Begeisterung geschmettert hab, war:

„Am dreißigsten Mai ist der Weltuntergang:
Wir leben nicht mehr lang!
Am dreißigsten Mai ist der Weltuntergang:
Wir leben nicht, wir leben nicht mehr lang.
Doch keiner weiß, in welchem Jahr,
und das ist wunderbar.
Wir sind vielleicht noch lange hier
und darauf trinken wir."

Un „Do laachste dich kapott, dat nennt man Kemping" odder „Lore, leih mir dein Herz und sei lieb zu mir." Spätestens seit dieser Zeit is de Keim zu meiner Singerei geleecht worn, die jo Jahrzehnte später sogar zu meim Beruf worn is.

Ich hab mol ausgekundschaft, warum domols ausgerechent nur Kölner Lieder hier in der Geechend gesunge worn sin. In der Zeit gab 's in Meenz noch kaa bassende Schlaacher, das hot mir die Margit Sponheimer selbst verzeehlt. Sie hätt in de 50er Jahrn aach nur die Kölner Lieder gesunge. Erst als de Ernst Neger vill später das „Dachdeckerlied" vom Komponist Toni Hämmerle bekannt gemacht hot, sin die Fassenachter in Meenz wach worn un habbe den Dausendsassa zum Haus- und Hofkomponist erkorn. Seit der Zeit singt mer aach bundesweit die Lieder aus Meenz wie zum

Beispill: „Hier am Rhein geht die Sonne nicht unter."
Odder „Heile, heile Gänsje, es werd bald widder gut."
Un nit zu vergesse „Rucki Zucki" un „Humba Humba
Täterä", was jo allaans vom Text her sofort von jedem
noch so Begriffsstutzische in ganz Deutschland ruff un
runner gesunge wern konnt.

Leider is mei Leidenschaft zu Fassenachtsschlaacher
im Meedchegymmi bei de Ursuline – odder Orschele,
wie mir gesaat habbe – in Gaasenum nit so freudisch
gedeilt worn. Der Gassenhauer vom Willy Millowitsch
aus de friehe sechzischer Jahrn war aans von meine
Lieblingslieder. Mit „Schnaps, das war sein letztes Wort,
dann trugen ihn die Englein fort" bin ich an eme Ro-
semondaach freudestrahlend übber de Flur dorch die
Klosterschul gehibbt. Das hot die strenge Englischlehr-
rerin Mater Edeltrudis mitkrieht un sofort mei Eldern
in die Schul bestellt. Die stande do wie arme Sünder,
wie se von de Schulleidung druff uffmerksam gemacht
worn sin, dass ihr Dochter uff e katholisch Nonneschul
geht un se dementensprechend zu erziehe wär un kaa
Lieder, die den Alkoholismus fördern dehte, erlaube
derfte. Vill später hab ich erfahrn, dass die ehrwürdisch
Mater Edeltrudis selbst en quietschfidel Nönnche war,
die aach aus de Kölner Geeschend kam un gern Fasse-
nachtslieder geheert hot. Mei Eldern habbe mir übri-
schens das Singe – egal von was – nie verbodde, worüb-
ber ich heut noch froh bin. Nur bei de Ursuline musst
ich mich halt mit derartische Lieder, die dene Nonne nit
in ihr Konzept gebasst habbe, zerickhalle.

Fassenacht fängt abber dann erst aa werklich interes-
sant zu wern, wenn mer sich komplett maskiert un de
Leit im Ort ebbes vorgaukele kann.

Das ging beim Schnorrn los, meist am Altweiberdonnersdaach. Es gab im Ort immer e paar Schnorrer, alles Martinsthaler, die sich korzfristisch sammegefunne hatte, um schnorrn zu gehn. Es war Brauch, im Reesekostüm von Haus zu Haus zu ziehe un bei de Leit harmlose Schabernack zu treibe. Das Reesekostüm bestand meist aus em alte lange Rock, drübber en Blus un en Wammes un vor allem en hässlich Fassenachtsfratz mit Perick und Hut, damit aam kaaner gekennt hot. Die erste zwaa Reese habbe en Gläsje Wei beim Umziehe gelebbert un do schon vill gelacht, dann die dritt und viert Rees dehaam abgeholt un nadierlich jedesmol noch en Schoppe gepetzt. Bevor 's richtisch losgange is, warn die Reesjer schon in de richtische schwipsiche Schnorrerstimmung.

Das Wichtigste debei war en Mussiker. Der hot for Stimmung in jedem Haus gesorcht. Mit meist hoch verstellte Stimme sin unner de Maske immer dieselbe Lieder gesunge worn. Meist Volkslieder. Es gab nur zwaa im Ort, die Mussik uff de Quetschkommod mache konnte: 's Dahme Ewald un de Rausche Helmut.

Erscht wurd geklingelt, un wenn jemand uffgemacht hot, habbe die Schnorrer mit dem Lied die Bewohner uffgefordert, eringelosse zu wern:

Hoho, die Fassenacht is do!
Hätte mer nit gesunge,
dann wärn mer aach nit kumme:
Hohoho, die Fassenacht is do!

Die Schnorrer warn im Ort immer willkomme. Sie habbe sich im Haus von de Leit umgucke kenne, Salzstängelcher dorch de Mund von de Plastiklarve geknuspert un mit Strohhälm Wei geleppert. Nach em fünfte Hausbesuch war 's meist Zeit zum Haamgehe. Wei dorch Strohhälm zu zutzele is wie aus em Aamer direkt in de Hals geschitt: Mer werd schnell blau devon.

Geschnorrt werd heut nit mehr. Ich glaab, dass die Leit aach nit mehr das Vertraue habbe, jedem uffzumache, der sich als Schnorrer odder Rees ausgibt. Schad. Es war en schee Zeit.

Einmalisch warn in Martinsthal aach die Maskebäll, ob beim Toni in de „Post" odder in de „Winzerhall".

Ich bin am liebste als Domino gange. Unner dem unförmische, übbergroße un sackähnliche Kostüm, das meist aus aafachem, schwarzem Stoff geschneidert war, konnt mer kaan Mensch erkenne. En hässlich Hexe-Larv uffs Gesicht un jeder Maskeball war en Erlebnis. Ich hab mit meiner Mutter emol en ganze Obend lang uff em Bodden gehockt un voll Übbermut de Leit beim Danze in die Baa gepetzt. Nur korz vor Mitternacht musste mer uns beeile fortzukomme, damit mir bei de Demaskierung nit unser wahres Gesicht zeiche musste.

Ich kann mich noch gut erinnern, wie mein Onkel Karlemann aamol an de Bar in de Winzerhall gehockt hot un mir en Wei spendiern wollt. Um ebbes zu trinke, braucht mer unbedingt als Maske en eichene Strohhalm. Ohne den geht gar nix. Un vor allem dem Onkel geescheübber wollt ich mich nit zu erkenne gebbe. Eichentlich hatt ich vor, en Limo zu bestelle, abber ich hab mich nit getraut, dem Onkel das zu saache. Es war schon längst übber die Zeit, wo ich dehaam hätt sei misse, so hab ich mich uff en staabtrockene Riesling ingelosse. Abber so en Onkel is aach nit ohne. Alsfort wollt er wisse, wer unner dem Domino steckt. „Du host abber e Paar feueriche Aache! Wie heeßt du dann, du klaa Krott?"

So Fraache sin gefährlich. Mer derf nix redde, sonst flieht mer uff. Hartnäckisch wollt de Onkel abber beim Näherrutsche immer widder wisse, wo das „goldisch Bobbelche" dann herkimmt und wie alt es dann wär un ob em de Martinsthaler Wei gut schmecke deht. Un genauso hartnäckisch hab ich dann stumm die spendiert sauer Brieh mit meim Strohhalm eneigezooche. Un fast hätt ich mich verschluckt, als mein Onkel – mittlerweile leicht missmutisch – zu mir saat: „Herrgott noch mol. Sei doch nit so sterrisch wie en Esel! Jetzt red doch emol ebbes. Scheinst jo aach nit von hier zu sei. Abber du, Lärvche, aans saach ich der jetzt emol: Wenn ich aamol unner so aaner Mask mei Nichte Ulrike entdecke deht, die kennt ebbes erlebe. Der deht ich do uff de Stell de Arsch verhaache."

Bei dene ungemietliche Worte hab ich mich hordich vom Barhocker gemacht un verdrickt. Ich hab 's em Onkel nie verzeehlt.

Ich war erst verzeh.

De schlaue Fuchs un die Weikönischin

Wenn die Fassenachtszeit naht, denk ich gern zurück an mein „glorreiche" Einzuuch in die Meenzer Fassenacht.

„Ulrrieege", mit ganz weichem „G" un em hinner de Zung gerollte „R", so heern ich im Geist de Jockel Fuchs noch heut mein Vorname ausspreche. Den zu der Zeit reschierende Obberborjermaaster von Meenz hab ich 1973 uff de Grüne Woch in Berlin kennegelernt. Ich war domols von meine ville Einsätz bei alle möch- liche Interviews un Weiprobe als amtierende Deutsche Weinkönischin schon zimmlich heiser.

„Ulrrieege, du hast ja eine so herrlich versoffene Stimme, du solltest unbedingt mal zum Rosenmondaachszuuch nach Mainz kommen. Ich lade dich als Gast ein, auf der Ehrentribüne zu sitzen und danach geht 's dann zum Krebbelkaffee mit Tanz ins Theater."

Das war en villversprechend Einladung, die hab ich sehr gern aagenomme, allerding is se vom Geschäftsführer vom Deutsche Weininstitut in Meenz sofort widder zunichte gemacht worn.

„Herr Fuchs, es tut uns sehr leid, aber Frollein Seyffardt wird Ihrer Einladung nicht Folge leisten können, denn wir wollen unsere Königin nicht mit der Mainzer Fassenacht in Verbindung gebracht sehen. Eine Deutsche Weinkönigin ist schließlich keine Fassenachtsprinzessin, sondern wirbt auf ganz seriöse Art für deutschen Wein."

Der schlaue Fuchs, der mei sichtbar enttäuschtes Gesicht sofort bemerkt hot, pischberte mir ins Ohr:

„Mädchen, lass mich das mal in die Hand nehmen.

Du kommst einfach ohne Dirndl und Krone und bist dann ganz privat und somit außer Amt und Würden doch dabei."

Un das wollt ich aach. Also gesaat, gedaa.

Ganz inoffiziell, in en dicke Mantel ingepackt, hab ich mit meine zwaaunzwanzisch Jahr aafangs zimmlich schüchtern am Rosemondaach zwische de zwaa Obberborjermooster von Meenz un Wissbade, dem Jockel Fuchs un dem Rudi Schmitt, uff de Ehrentribün in de erst Reih gehockt. Wortfetze von de Gass un aach runderum konnt mer uffschnappe.

„Wer is dann das blonde junge Meedche do in de Mitt von dene zwaa Obberborjemooster?"

Nadierlich hot aach de Jockel Fuchs das Gebrabbel, was do runderum geraunt worn is, mitkrieht. Do hot sich der piffische Fuchs das Mikrofon geschnappt un sei Unnerdane erstemol mit eme herzliche „Helau, ihr Närrinnen und Narrhalesen!" begrüßt. Un genauso herzlich un gut gelaunt kam 's von alle Seite: „Helau, Jockel!"

Un ganz zum Schluss saat er dann: „Un jetzt will ich das Geheimnis lüfte. Das Meedche do zwische uns, das is die amtierende Deutsche Weinkönischin Ulriieege aus Martinsthal im Rheingau. Sie derf die Kron vom Weininstidut aus offiziell nit uffziehe, abber weil se selbst so gern uff die Fassenacht geht, do hab ich se eigelade privat zu komme. So jetzt wisst er 's all un morje werd 's aach in de Zeidung stehe."

Den Applaus, den de Jockel dodemit eigeheimst hot, konnt mer sogar bis enibber ins Deutsche Weininstidut heern.

E bissje Ängst hatt ich schon. Muss ich die Kron des-

deweeche jetzt abgebbe un werd am End noch vorzei-
dich abgesetzt? Nur weil ich aamol ebbes gedaan hatt,
was ich in meiner Funktion als Deutsche Weinkönischin
nit mache dorft?

Nix is bassiert. Un der Rosemondaach von 1973 hatt
zur Folch, dass von do ab jede Deutsche Weinkönischin
bei de Meenzer Fernseh-Fassenachtssitzung un aach bei
offizielle närrische Eiladunge ständischer Gast war un is.

Tja, so hatt mei vordem scheinbar versoffe Stimm uff
de „Grüne Woch" in Berlin doch en wichtich Verbin-
dung zwische dem deutsche Wei un de Meenzer Fasse-
nacht geschaffe.

Am 24. Januar 1962 sin ungefähr insgesamt 200 Män-
ner, Fraue un Kinner in em selbst gebuddelte Tunnel
unner de Mauer dorch nooch Westberlin abgehaue. Das
war aach das Jahr, wo de amerikanische Präsident Ken-
nedy bei seim Besuch in Berlin sein berühmte Spruch
losgelosse hot: „Isch bin ein Börliner!" Un obwohl ich
domols erst elf Jahr alt war, kann ich mich an die Er-
eischnisse noch gut erinnern.

E paar Jahr später, 1969, war ich mit meine Eldern
zum Schifahrn in Südtirol un dort hab ich de Andreas,
en Berliner, kenne gelernt, der bei der Tunnelflucht de-
bei gewese war. Von dem hab ich das erste Mol erfahrn,
wie das Lebe in seiner Heimat im Oste werklich war un
wie uffreechend un gefährlich sei Flucht verlaafe is. Mir
habbe uns immer widder mol en Brief geschribbe un
sin so in Kontakt geblibbe.

In meiner Zeit als Deutsche Weinkönischin kam ich
1972 aach öfter nooch Berlin. Nadierlich hatt ich de
Andreas treffe wolle un er hot mir vorgeschlaache, mol
en Ausfluuch nooch Ost-Berlin hinner die Mauer zu
mache, was for ihn domols fast lebensgefährlich war. Er
hatt zwar mittlerweile en Pass aus em Weste, abber als
Grenzflüchtling war er nadierlich immer noch gesucht,
un wann se ihn geschnappt hätte, hätt er mit schlimme
Folche rechene müsse. Trotzdem wollt er mit mir das
Abenteuer unternemme.

Mir sin also zu Fuß übber die lang Schosseeh zuerscht
an de Reichsdaach, dann zum „Scheckpoint Scharli".
Von do ab ging 's getrennt weiter: er als Berliner zum
linke Eigang, ich als Westlerin zum rechte.

Um übberhaupt nübber zu komme, musst Geld getauscht wern. 25 Ostmakk warn de Mindesteinsatz. Sozusaache als Eintritt in en anner Land. Es war for mich domols vill Geld un mei Herz hot gekloppt, wie ich an dene Wache vorbei bin, die mich un mein Pass indeierlich geprüft habbe. Hoffentlich habbe se de Andreas nit festgehalle, war mei aanzisch Sorch. Gottseidank hot alles geklappt. Er kam links und ich rechts im Oste aus dem Grenzgebäude raus.

Die „anner Seit" war for mich die greeßt Übberraschung, die ich in meim Lebe bis zu dem Zeitpunkt je erlebt hab. Obwohl es hinner de Mauer die gleich Strooß war, isses aam schlaachartich zu Bewusstsein komme, dass es annerst zugeht als bei uns im Weste. Die Strooße warn noch geplästert, in de Schaufenster kaa Licht. Alte Krempel hot do verstaabt hinner de ungebutzte Scheibe gelehe. Geguckt hab ich in gelangweilte Gesichter von Leit, die uns klamottemäßig grau in grau entgeesche kame, die mir abber neugierisch noochgeguckt habbe.

„Andreas, warum glotze mich die Leit dann all aa? Von dene kann doch kaaner wisse, dass ich die Deutsche Weinkönischin bin. Außerdem hab ich jo aach kaa Dirndl aa un kaa Krönche uff?"

De Andreas hot gelacht: „Jenau, det isset doch. Die Leute kieken nach deine Bludschiens, die jibt et hier nämlich nich. Un außerdem nach deine blonde Haare. Färbemittel jibt et nämlich ooch nich. Aber kiek mal da vorne: Da gibt 's wat Besonderes. Lass uns mal hinjehen."

An em Lade hot en lang Menscheschlang gestanne, als wann 's was for umsonst gebbe deht. Neugierisch sin mer näher komme. „Det isset, wat et heute jibt: Champinions."

„Schampinjongs? Desdeweeeche stehe die aa? Gibt 's die umsonst?"

„Nee, die kriegen die hier sonst ooch nich. Darum stehen die Leute an un warten uff ihre Ration. Kostet ooch richtig ville Geld."

Mei 25 Ostmark wollt ich jo in irchendebbes aaleeche. Abber Schampinjongs, die mer dehaam in jedem Lade kaafe konnt? Naa.

Es is mir zunemmend mulmischer worn, hinner jedem Uniformierte hab ich en Mann gesehe, der wo den Andreas schnappt un en am End doch noch ins Bollesje steckt.

„Loss uns umkehrn, das is mir hier zu gefährlich."

. Mei Ostmark musst ich an de Grenz widder abgebbe, ohne dass ich mei Geld widder redur krieht hab. Ich war mei „Eintrittsgeld" los, abber um en Erfahrung im Lebe reicher.

Gott sei Dank is alles Vergangeheit, und wenn ich heut dorch Berlin geh, dann sieht mer den Unnerschied inzwische nit mehr. Jeder von uns hot sei eichene Bekanntschaft mit dem Thema gemacht und jeder von uns kann dezu ebbes verzeehle. Die deutsch-deutsche Geschichte un der Mauerbau geheert aach zu unserer Generation un do sollt es uns immer gewahr bleibe, wie wichtich Freiheit for die Mensche is un wie gut es uns gange is im Geeschesatz zu verzisch Jahr „Gefangenschaft" im eichene Land.

DER BACH ODER DIE BACH?

Der aa seeht so, de anner so. Ich saach: Die Bach!

Wenn ich die Bach in Martinsthal entlanggeh, dann denk ich gern zerick an die scheene Zeide, die mer als Kinner dort mit verschiedene Spillcher verbrocht habbe. Hinner meim Eldernhaus plätschert das Wallufbächelche – zwaa Meder breit un zeh Zentimeder dief, wo frieher dicke glitschische Bachkatze drin gelehe habbe. Mer musst vorsichtisch übber die Staa dribber rutsche, um uff die anner Seit ze komme.

Direkt hinner unserm Haus gab 's en klaa Wäldche, wo die klaane Friehjahrsblimmelcher, die „Hinkelscher und Giggelscher", am Hang im Wald mit weiße un lilane Blietekeppscher uff em Waldboddem zwische de Beem erausgelubscht habbe. Wenn mer die abgeroppt un for dehaam mitgebrocht hot, warn die annerndaachs gleich welk. Es gab Beem, do hinge lange, feste Schlingpflanze draa, do sin die Bube hi un her geschaukelt un habbe Tarzan draa gespillt.

Das Scheenste abber war unser Grott. En richtisch staanern Grott. Wer die do mol gemauert hatt, das konnt mir bis heit noch kaaner saache. Aageblich war 's ganz frieher mol en klaane Mussikpavillon. For en Miniorchester von sechs Mussiker werd 's aach noch gereicht habbe. Es kennt aach en Muttergottes-Haisje gewese sei. Es lebt heit kaaner mehr, der 's genau wisse kennt. Es war en unhaamliche Ort, der alle Kinner wie von Geisterhand aagezooche hatt. Weil der Blätterwald so dicht war, is es an dere Stell aach immer e bissje duschperich gewese.

Obends um Punkt sechs is in Schlangebad das Thermalwasser aus em Schwimmbad abgelosse worn. Un e Verdelstund später is es dann als dicker warmer Schwall die Bach enunner dorch Martinsthal un Walluf in de Rhei gerauscht.

Aamol hatte sich die Kinner en Mini-Staudamm gebaut. Bestehend aus alde Holzbretter, die die Feierwehr for Notfäll uffgestapelt hatt, dicke Wackerstaa, Sandsäck und Gummimatte. Als das warme Wasser endlich kam, hippte die Klaane mit Wonne in ihrm eichene Stausee rum un habbe in dere warme Brieh gegickelt und gegaalert, bis sich uff aamol en Holzlatt gelockert hatt un das ganze Bauwerk uff aan Schlaach fortgerisse worn is. Mei Schwester Ariane, mutisch an vorderster Stell, is samt ihrm blaue Schwimmreif, wo vorne en lange weiße Plastik-Schwanehals draa war, unnerschdrebberscht in dene reißende Flute zwaahunnert Meder weider bis ans Haus bei de Bäcker Dahm geflooche! Dort hot se sich am Gestrüpp verfange un is hängegeblibbe!

Es hätt Gott waaß was bassiern kenne. Abber im Rheingau seet mer: Kinner, Dolle un Besoffene bassiert nix. Heut lacht 's dribber.

Weider unne am Schulhof werd die Bach e bissje breiter. Do gibt 's en Brickelche, wo mir flache Staacher übbers Wasser habbe dotze losse. Un in de Schulpaus is solang am Medallgeländer erumgerolzt worn, bis aach schon emol aans ins Wasser geblotscht is. Un hot de Lehrer das mitkrieht, gab 's zu aller Schadefreud von de annern Kinner aach noch en Backpeif obbedrei hinner die Ohrn.

Nunnerzus Richtung Walluf hot am Bachufer en klaane, fast zwaa Meder hohe Schilfwald gestanne. Do sin die Tieneedcher oft am friehe Obend drin verschwunne, um sich mit ihrm Gebännsel zu knuutsche. Do hatt jeder sei speziell Eckelche gehabt, was er sich zerechtgetrampelt hot. Sex kann mer das nit nenne, was se do gemacht habbe. Zum Hielehe war 's vill zu feucht. Nasse Fieß hot 's abber aach beim Knuutsche gebbe. Abber wenn 's Herzje indeierlich so brennt, do mache aam nasse Schuh un Socke grad gar nix aus.

So war die Bach ingedeilt for die Klaane, die Schulkinner un die Halbstarke. Je nach Alter hot mer die Bach im Laufe seiner Juuchend so odder so kenne gelernt.

Wenn ich heit noch emol Kind wär un die Bach hätt noch all die scheene Abenteuerspillplätz rechts und links, dann ging ich gern die Statione noch emol dorch, ob mit verschnittene Fieß in de Bach odder klamme Socke im Schilf.

Jeder, der das Weifest in Martinsthal heut besucht, muss übber 's Brückelche am Schulhof übber die Bach, um uff de Festplatz zu komme. Un wenn aaner en Schoppe zuvill hot, dann is die Bach oder der Bach for villes annere aach noch gut …

TEE MIT RUM

Um sich im kalte Rheingauer Herbst bei de Traubeles innewennisch in de Paus e bissje uffzuwärme, habbe die Traubeleser gern heiße Tee mit eme orndliche Schuss hochprozentische Rum getrunke. Die Oma hatt die Flasch meist im Unimog unnerm Sitz verstaut un dann in die Teedasse verdeilt. Gut mit Zucker verriehrt gab das en Mischung, wo se dodenaach all gutgelaunt un meist singend in de Zeile ihr Traube abgeschnitte habbe. Mir Kinner musste „so" mitsingen, ohne die Wirkung von dem begehrte Deibelszeich gewahr zu wern.

De billischste Rum gab 's in Österreich. Am sinnvollste war 's, den 80%ige Strohrum zu kaafe, der ging schnell ins Blut un mer hot nit so vill gebraucht, um die Helfer uffzuwärme un in Stimmung zu bringe.

In unsere Ferije warn mir oft mit de Mutter, de Tante Ria un unserer Düsseldorfer Oma in Hopfen am See im Allgäu. De Opa, der Arzt war, hot gemaant, die Luft in de Berje deht de Kinner gut due, wenn mir im Winter Keuchhuste odder sonstische Kinnerkrankheite dorchgemacht hatte.

Die best Erholung für uns warn abber nit die langweilische Berje, sondern das Erumtobe uff dem benachbarte Bauernhof, der neber unserer Ferienwohnung gelehe war: bei de Burgi uff de Alm. Dort lebte die Leit annerst als im Rheingau. Die Mensche warn arm. Die Tante Burgi hatt e paar Kieh, drei Wutze, fuffzeh Hinkel un drei schreckliche Truthähn, vor dene ich mich immer geferscht habb. Die habbe den Hof mit ihrem Gegurre un Geglucker wie Hunde bewacht un jeden, der do nix verlorn hatt, aagegriffe. Weil ich moins immer frisch Milch hole musst, is mir e paar Mol bei de Flucht vor dene Gickel die Milchkann aus de Hand geblotscht un ausgelaafe, bis die Burgi die rotkeppische Schreihäls fortgesperrt hot.

Ab un zu dorfte mer do aach middaachs mitesse. Die Burgi hot meist nur en groß Holzschissel mit warmer Milchsupp uff de Disch gestellt. Dodefor hot se Milch mit Zucker un em Messerspitzche Salz uffgekocht Dann zwaa Eier mit Mehl un Milch vermengt un gekneet, bis en Deich draus worn is. Den hot se dann in walnussgroße Stickelcher abgestoche un in die kochend Milch gebbe. E bissje Zucker un Zimt dribber, e paar Brotbrocke eneigestreut un for jeden en Leffel ausgedeilt. So hot sich jeder aus dem aane Dippe sei Supp geleffelt.

Im Kuhstall habbe mir vergeblich versucht, aach emol die Kieh zu melke. Mir hatte unsern Spass un selbst der Gestank beim Ausmiste hot uns Kinner nix ausgemacht.

Wer aamol e paar Stund in so em Stall geschafft hot, der waaß, wie lang un dorchdringend de Geruch von Kuhscheiße in de Klamodde un an de Schuh hängt. Mei Mutter war jeden Obend entsetzt übber uns Stinker, un als es ihr zu bunt worn is, sin mir korzerhand in die nächst Stadt nach Füssen, um Gummistibbel zu kaafe, die mer obends mit Wasser abspritze konnt. Ich hab e paar knallrote krieht. Meim Bruder Peter wollte se schwarze Gummistibbelcher aadrehe, weil er jo en Bub war un rot en Farb nur for Meedche wär. Offenbar hot de Peter abber gedenkt, dass rote Gummistibbel mehr wert sin un hot sich mit aller Macht geweichert, die schwarze Stibbelscher zu probiern. Nach einischem

Gezeter im Geschäft bin ich stolz mit meine rote Gummistibbel aus dem Lade stolziert, während de Peter sich an de Hand von de Mutter uff de Boddem geschmisse hot un kreischend aus dem Schuhlade gezooche worn is.

„So", saat die Tante Ria, „wenn du so bös bist, dann gibt 's übberhaupt kaa Stibbele."

Er hot sich widder beruhicht, wie alle klaane Kinner, abber vergesse hot er 's nit. Un zu de Kieh dorft er aach nit mehr.

E paar Daach später war en Ausfluuch nach Reutte geplant. Do war mer in Nullkommanix mit em Audo übber de Grenz in Österreich, Rum kaafe. De Schnaps war dort billicher, weil der do nit so hoch besteuert worn is wie in Deutschland. Jeder Erwachsene dorft aan Liter mit übber die Grenz nemme, des warn bei de Oma, Tante un de Mutter insgesamt drei Liter. Die Zollbeamte habbe noch sehr streng kontrolliert. Drei Liter warn abber bei weitem nit das, was mer in aam Herbst verbraucht, um en ganz Traubelesermannschaft for e paar Woche zu versorche. So wurde noch drei Liter kaaft, die im Kinnerrucksack vom Peterche versteckelt worn sin.

Es war uns Kinner klar, dass jetzt ebbes Verboddenes unnernomme worn is, als die Oma saat: „Dass ihr Kinner an de Grenz euern Mund halt!"

Aan Kilometer vor de Zollstation werd 's Peterche, der bis zu dem Zeitpunkt kaan Mucks gedaan hot, uff aamol munter. Jetzt war sei Stund komme. Rache is sieß. Frech hot er von hinne in seiner Kinnerspraach gepiepst:

„Wenn ihr mir kaa rote Gummistibbele kaaft, dann

saach ich de Bollizei an de Grenz, dass ihr in meim Rucksack drei Liter Rum smuggele duht."

Do war allen schlaachartisch klar, dass der Dreikäsehoch spätestens jetzt sein Wille dorchgesetzt hot. Ob er sich die erpresste rote Gummistibbelcher von Füssen uffgehobe hot, waaß ich nit.

Mir sin noch oft in de Ferije nach Hopfen am See gefahrn. Un heit is mir aach klar, dass das nit nur weeche dem Auskuriern von Kinnerkrankheite en beliebte Urlaubsort for die Familie gewese is.

Mein Bruder Peter und ich, zusammen mit unserer Urgroßmutter Maria

Vom Osterhasehäusje un de Glocke, die nach Rom fliehe

Was habbe mir frieher so gern – meist in Eiseskält – mit klaane Körbcher im Arm, die mit grienem Babiergras ausgeleecht warn, an Ostersonndaach die Eiercher im Garte gesucht! Domols gab 's Zuckereier, so harte Klaane mit Zuckersirup gefüllte, abber aach richtische bunt aagemoolte große Hinkelseier. Un Osterhase aus Schokolad gab 's nadierlich aach schon. Die Freud übber jedes gefunne Ebbes war groß.

Bei uns in Martinsthal hatt der Osterhas sogar en eichenes Osterhasehäusje. Das is das weiße „Schlössje" uff em Nonnebersch. For uns war 's das ganze Jahr übber en heilische Ort. Oft sin mir do hie spaziert un habbe vorsichtisch in jed Ritz dorch die mit Holz verbarrikadierte Fenster gelubscht. Abber leider hot den braune Langohr kaaner von uns Kinner je zu Gesicht krieht. Nur die Kinnergardeschwester, unser Tante Irmgard, die hot en jedes Jahr gesehe, wenn er die Eier aagemolt un sein Korb for die Kinner gefüllt hatt. Mir habbe es gern geglaabt. Das Märche is jo aach zu schee.

Ach, un dann gab 's doch noch die Geschicht mit dene Glocke, die wo am Gründonnersdaach naach Rom geflooche sin. Aageblich, um sich dort de Seeche vom Papst zu hole un Grießbrei zu esse un Milch zu trinke, „um Kraft zu schöpfen", damit se das Jahr übber widder orntlich bimmele konnte. Un während die dann in Idaljen e paar Daach Urlaub gemacht habbe, sin statt dem Geläut die Messdiener dorch die Gasse gelaafe un habbe mit hölzerne Ratsche die fromme Schäfcher zum Bete in die Kerch gerufe. Unser Oma hot uns verzeehlt, am Ostersonndaach käme die Glocke widder pünktlich redur, damit se al zusamme for 's Hochamt laut un mit voller Kraft läute könne.

So en Aafluuch muss en imposante Aablick gewese sei! Ich hab mich emol vor 'm Hochamt bei uns im Garte in die Hängematt geleeht, in de Himmel geguckt un geluert, ob ich se seh, die Glocke, wie se übber mich ins Ort eneiflieje. Leider vergeblich.

Abber geglaabt hab ich 's lang.

Weinfestumzug 1954: ich, geschmückt mit einem Rebenband im Haar

„Wenn die bunten Fahnen wehen, geht die Fahrt wohl übers Meer …"

Schon beim Schmeddern von dem alte Volksliedche steicht aam de Geruch von weiter Ferne in die Noos.

Aber der Rheingauer braucht die Ferne nit. Der Rheingauer hot die Ferne vor de Hausdür. Unser Meer is de Rhei. Das is unser liebst Gewässer. Do braucht mer kaa salzisch Nord- odder Ostsee, kaa Karibik un aach kaa Middelmeer.

Un was en echte Rheingauer is, der steicht aach immer widder gern emol in en Köln-Düsseldorfer-Dampf-schiffschebootche un schibbert enunner zu de Lore-ley. Was gibt 's do nit alles zu gugge! Hibbe wie dribbe. Burche, Schlösser un zwischedorch herrliche Wingerts-laache, all de Sonn zu geleeche. Dort, wo de Rhei sein Knick macht, also zwische Wissbade un Rüddesheim, do is de scheenste Deil von ganz Deutschland. Do is unsern Rheingau. Mir strunse nit, mir hun.

Aamol im Jahr, um Himmelfahrt erum, werd de Rhei in Walluf sogar zu „Klaa-Saint-Tropez".

Ville hunnert Bootcher mit weiße Seechel, hohe Mas-te un bunde Spinnaker rausche wie Schmedderlinge üb-ber die glitzernde Welle. Wenn am blaue Himmel die Wolke schneller ziehe, dann gibt 's aach gude Wind un die Seechler freun sich, dass se so gut vorankomme.

Es werd gekämpft um jeden Meder un zum Schluss – zum Beispill bei Oestrich – hängt mer sich an en groß Modorboot und kann beim Nuffziehe nach Walluf uff seim Schiffchebootche bei unnergehender Sonn sein Schoppe Riesling genieße. Falls de Stoppezieher vorher

56

nit ins Wasser geblotscht is. Aamol dodebei, das muss aafach herrlisch sei!

Im Alter von ungefähr zwanzisch bin ich von meim Wallufer Freund Helmut zu de „Himmelfahrts-Regatta" in Walluf eigelade worn. Der Helmut hatt so e Bootche vom Typ „Pirat".

Un ich dorft aach nur mit, weil em sein Vorschotmann abgesprunge is. Der hatt gemeutert, weil de „Herr Kapidän" uff seim Boot en zimmliche Schoote wär un jedem, der nit order pariern deht, die Bootsfahrte mit grobbe Worte madisch gemacht hot.

Der Helmut abber war en ehrgeizische Sportsmann un wollt uff kaan Fall bei dem Ereichnis uff em Rhei fehle. Vor allem wollt er als Gewinner am End dostehe. Es fiel em kaan bessern Ersatz ei als mich. Mir sin domols erst grad e paar Monat samme „gange". Ich war ganz verzickt von der Idee, mit meim Allerliebste aamol uff em Rhei rumzuschibbern, um mich ganz romandisch uff dem klaane Bootsche zu knuutsche.

Peifedeckel, es kam alles ganz annerst.

Ich hatt noch nie in eme Seechelboot gehockt. Hatt also kaa Ahnung, was do uff mich zukimmt. Mondaachs bin ich vom Helmut in die „Geheimnisse der hohe Seechelkunst" eigewiese worn.

Ausgerechent in dere Woch war nit aa Wölkche am Himmel ze sehe un es ging nit de kleenste Luftzuuch dorch de Rheingau. Wie lernt jemand ohne Wind seechele, Spinnaker uffziehe und von Luv nach Lee zu hippe? Ganz aafach: in de Werft. Do lag der Pirat noch in seim Winderquardier. E bissje verwirrt war ich schon, dass ich jetzt „trocke" lerne musst, wie mer in ner Hall ohne Wind das große bunde Windseechel, den Spinnaker, uffzieht. Mein Helmut is immer ungeduldischer worn, weil ich als sei neu Seechelbraut nit gleich kapiert hatt, was er wollt. Noch gut gelaunt hab ich krampfhaft versucht, alles richtich zu mache, um den bunde Dreieckslappe hochzuziehe, doch do hatt de Helmut schon en neu Lektion parat: „Bass uff. Wenn ich jetzt „Luv" rufe, dann hippste uff die Seit, wo de Wind herkimmt, und wenn ich „Lee" rufe, dann springste zerick uff die anner Seit. Das is dann die Bootsseit. So lernste jetzt kreuze."

Aach bei der Übung wusst ich nit, wo die Windseit war, weil in de Werft nit aan Luftzuuch gange is. Doch er hot nit locker gelosse, mir das Seechele uff die Art beizubringe:

„Achtung, jetzt übbers Schwert! Los, heb dein Hinnern hoch un hipp: Luv-Lee!"

So hot er die Kommandos wie Pistoleschüss erausgeplärrt.

Un so bin ich, immer noch ohne zu begreife, wo die Wind- odder Bootsseit war, so schnell es ging, übber das eiserne Schwert, das er jetzt von hinne aus e paar Mol in de Mitt hochgezooche hatt, mehr gerutscht als wie gehibbt. Ruckzuck hatt ich mir blaue Flecke am Hinnern geholt un wär am liebste do schon uff de Stell widder haam.

Die erhoffte Rhein-Romandik konnt ich erst emol abschreibe. Doch er konnt gar nit genuuch kriehe, mich zu kuiniern. „Du, Helmut, ich glaab, ich kann das nit. Mir duht mein Bobbes vom ewische Luv nach Lee hibbe so weh. Un mit dem Gezobbel von Spinnaker komm ich aach nit zerecht. Ob ich das bis Donnersdaach lerne, hier in dere Hall un so ganz ohne Wind?"

„Nix: mitgegange, mitgefange. Morje übe mer uff em Rhei weider."

Diensdaach. Kaa Wolk am Himmel. De Pirat musst uff de Werft bleibe. Noch zwaa Daach bis zur Regatta. Das Luv-und Lee-Hibbe ging uff em Trockedeck weiter.

Mittwoch. Mitderweile hot mei Vatter mit all seine noch lebende Marinekamerade telefoniert un se naach Walluf eigelade, um rumzustrunse, wie seetauchlich sei Dochter wär.

Dann kam de Himmelfahrtsdaach. De Pirat is uffs Wasser abgelosse worn. Zum Übe war jetzt kaa Zeit mehr. Die Regatta ging los. Mit schloddernde Knie bin ich uffs schaukelnde Bootche gekrabbelt.

Mein Vadder stand schon mit em Feldstecher in Posidur un hot mir mit stolzgeschwellter Brust zugewunke. Die alte Kriegskamerade warn sichtlich beeindruckt.

Alle Seechelschiffe warn startklar. Do zooch plötzlich Wind uff.

„Uj, Wind von Achtern, das is gut for unsern Spinnaker. Auf, Meedche, das is jetzt dei Arbeit! Denk draa, beim Start den Spinnaker gleichmäßig hochziehe", saat de Helmut noch aagemesse ruhisch. Als Piratebraut hab ich brav gemacht, wie er 's mich gehaaße hot. Da, un schon hatt ich mich verheddert un bin in de Seile hängegeblibbe.

De Spinnaker is im Wasser geland. Plitschnass. Vorerst war er nit mehr zu gebrauche. Ich aach nit.

Mein Vadder an Land is fast verzwatschert. „Das kann doch nit wahr sei! Was macht dann mei Dochter do?"

De Helmut im Boot wurd unruhisch. „Was hab ich dir dann uff de Werft gesaat? Festhalle an beide Härd.

Mit Gefühl. Welcher Deibel hot mich nur geritte, dich mitzunemme?"

Die letzte Worte hot er nur noch geplärrt. Mir wurd schlaachartig klar, dass es mit dem Pussiern uff em Rhei vorbei war. Ich hab versucht, den Spinnaker widder in die Reih zu bringe. Doch der Tyrann hot von hinne gekrische: „Vorseechel hoch, hopp, hopp, hopp, pack den nasse Spinnaker uff die Seit!"

Ich hab wie meschugge an dene Bootseile gezooche.

Mei Händ fühlte sich schon aa wie Schmierlbabier. Die Finger knallrot. Mei neu marinefarbenes Frottee-hemdche puddelnass. Ich hab gefrorn wie en nass Katz, bevor es übberhaupt losgange is. „Los, Luv!", hot de Helmut gerufe un zieht 's Schwert hoch.

Ratsch, grad noch dribber komme.

War das noch mein Borsch, der sonst so lieb un zuvorkommend war?

De Start. Alles ging schief. De „Pirat" kam als letzter vom Fleck: „Du bist for nix zu nutze", krisch de Pirate-Chef.

Ich hab gespiert, wie mir die Träne in die Aache gestieche sin un mei Liebesgefühle im Begriff warn, umzuschlaache in Mord- un Doodschlaachsgedanke. Am liebste wär ich an Land geschwomme. Nie mehr Pirat fahrn! Un nie mehr mit dem Kerl, dem Mannschaftsschinder. Jetzt hatt ich begriffe, warum de Vorschotmann gekniffe hatt.

Ich hab mein Vadder un sei Freunde an Land entdeckt un gesehe wie er sich die Händ vor die Aache gehalle hot. Später hot mir mei Mutter die dodebei entstanne Unnerhaltung verzeehlt.

„Kommt, Kamerade, mer gehn lieber en Schoppe

trinke. Mei Dochter hot kaa Talent zum Seechele. Als Letzte am Start! Wie peinlich. Un ich war Marine-Offizier uff em Kriegskreuzer."

„Du bist abber nie ausgelaafe mit deim Kreuzer", hot mei Mudder druff gekontert, „un außerdem host du aach noch nie uff em Seechelboot gehockt. Seechele uff em Rhei is schließlich kaan Kriegseisatz."

For uns ging die Regatta uff em Rhei jetzt richtisch los. Das Schlimmste, was aam als Seechler bassiern kann, is das Mitleid von de Annern zu ertraache. Die zooche nämlich schadenfroh all an uns vorbei un habbe freundlich mit ihre Leine gegrüßt. Un do is der Zorngiggel von Helmut zur Hochform uffgelaafe. Un zwar im Mehrfacheinsatz: Die Ruderspinn zwische de Baa, mit seine Knie das große Seechel dirischierend, die Vorschot rechts un links in de Händ un die Seile vom Spinnaker zwische de Zäh, hot er nur noch zornisch gezischt: „Los hipp: Luv – Lee – Luv – Lee!"

Das hatt ich jo gelernt un mittlerweile mit Bravour beherrscht. Un währenddesse hab ich mich immer widder gefraacht, wo dann jetzt wohl die Wind- un wo die Bootsseit war. Ansonste hab ich mich mucksmäusjestill verhalle un hätt am liebste e bissje geflennt. Nur die kreischende Zuschauer an Land un die Geräusche von de Welle warn zu heern un schlimme Rachegedanke machte sich hinter meiner Stirn breit. Zwaa elend lange Stunde ginge qualvoll vorbei. Gut, dass mer schlimme Sache im Lebe verdränge kann.

Am Zielort in Oestrich kame mir mit unserm Pirateschiffche als Letzte aa. De Helmut hot das schwere Seil uffs Abschleppboot geworfe un debei gebrüllt:

„Da habt er das Seil un den Lumpe do kennt er euch

aach uffs Boot hole un gleich bei euch behalle!" Wobei er mit „dem Lumpe" mich gemeent hatt un mich in dem Moment am liebste in seim Zorn in de Rhei eneigestumpt hätt.

Das war zuvill.

Beherzt bin ich mit Klamodde in die Welle gehibbt, um mich von de Wasserbollizei rausfische zu losse. „Mit dem Kerl schibber ich nie mehr uff em Rhei. Kaa Wunner, dass es kaaner mit dem uff em Boot aushält."

Gottseidank hatte die Wasserbolliziste en gude Schnaps un e paar Decke debei. Als ich in Walluf vom Boot gehippt bin, war ich vom ville Uffwärme so besoffe, dass mich aaner von dene Herrn in Uniform in meim Audo haamfahrn musst, gefolcht von eme Streifewache, um de Kolleech widder mitzunemme.

De Höhepunkt der alljährliche Regatta war e paar Daach später die feierliche Siecherehrung. Do musst ich leider aach noch mit. Das deht zu dem sportliche Ridual dezugeheern, hot de Helmut mir am Dellefon gesaat. Vorletzte sin mer worn. De Allerletzte is weeche Gripp gar nit erst aagetrete. „Duck dich, wenn se unser Name nenne. Mir is das alles so peinlich, Vorletzter zu sei", hot mir de Pirate-Käpidän noch ins Ohr gepischbert un mich unner de Disch gezooche. Ob das allerdings besonnerst sportlich war, will un kann ich nooch dene ville Jahrn heut nit mehr beurdeile.

Das war 's dann for mich. Aamol bei de Regatta in Walluf debeizu sei. Noja, aamol is kaamol.

Die Zeit heilt alle Wunde. Un heut lach ich dribber. Den Helmut, dem sein Name ich übberichens geännert hab, hab ich zimmlich bald eigedauscht. Gottseidank. Wer waaß, was mir alles mit dem erspart geblibbe is.

De Voochel von Madammestaa

„Wie ich heit Moin in die Kich kam, hot mei Vööchel-
che im Käffisch mit de Baache nach obbe uff em Ricke
geleeche un war dood", hot mei Mudder mir ins Telle-
fon geschluchzt.

Gott, so en Voochel, docht ich ziemlich teilnahms-
los.

Gesaat habbe ich abber: „Was is dann bassiert, Mut-
ti?"

„Ich waaß es nit. Gestern Obend hot er noch uff seim
Stängelche gehockt un gezwitschtert un jetzt is er dood,
mei klaa Schorschsche."

Die Mudder hot seit Jahrzehnte immer en Kanarije-
voochel in ihrer Kich, den se von Aafang aa von mir
geschenkt krieht hot.

Jetzt falle jo so Doodesdaache nit immer grad uff Ge-
bortsdaach odder Weihnachte. Desdeweeche krieht die
Mudder so alle zeh Jahr außer de Reih von mir noch en
Extra-Geschenk, en Kanarie. Es war also widder Zeit.

„Könne mer gleich fahrn? Hoste Zeit, mir en Neue
zu besorche?"

Trauerzeide sin beim plötzliche Dood von Singvöö-
chel offenbar stark verkerzt. Also sin mir zwaa stande
pede in de nächste Diergroßhannel, um widder en neie
Voochel zu kaafe.

„Abber ich will widder en Männche, was zwitschert
und trällert, die Weibcher singe nämlich nit", erkärt mei
Mudder dem junge Meedche, das sich offensichtlich
mit der Art von Vööchelkunde noch nit abgebbe hot.

Sie geht an en Käffisch, wo uns ville klaane Kanarije-
vööchel in alle Gelbschaddierunge uff ihre Stängelscher

dorch die Gitterstäbcher ängstlich aageguckt habbe. Sie griff in de Voochelzwinger un hatt en zappelische, klaane, gelbbraun-gescheckte Kerl erausgefischt.

„Hier ist ein sehr schönes Männchen, das wird Ihnen viel Freude machen und auch erfahrungsgemäß in zwei Tagen anfangen zu singen."

Schnell war entschiede, wer die nächste zeh Jahr meiner Mudder Gesellschaft leiste sollt: „Den nenn ich jetzt Hansi", entschied die Mudder noch im Lade.

Ich bezahle stolze 45 Euro for das Männche un die Mudder saß schon widder mit strahlendem Gesicht neber mir im Audo, uff em Schooß den klaane Kalle, der ganz verschaagst in ner bunte Babbedeckelbox gehockt hot.

Nachdem die ganz Familje dem neue „Lebensgefährte" meiner Mutter vorgemacht hot, wie en Kanari zu trällern hätt, hatt er sich in seiner neue Umgebung zunächst nur zu eme ziemlich jämmerliche Piepse hireiße losse.

Drei Woche ginge ins Land un er hatt immer noch nit kapiert, dass er for 45 € aach als Sänger ebbes zu leiste hatt. For den hohe Preis hätt mer doch wenischtens erwardde kenne, dass der Voochel nit so begriffsstutzisch is. Ich hab meiner Mudder dann en CD-Plejer geschenkt, damit se dem Hansi jetzt CDs mit Opernliedern von de Maria Callas un em Rudolf Schock vorspille konnt. Abber weder Singperlcher noch so beriehmte Gesangslehrer konnte unsern Hansi zum Trällern beweeche.

Nach em Verteljahr liecht moins plötzlich en Traubeberkel im Käffisch. Mei Mudder is stutzig worn un fischt en raus. Beim leichte Druffdricke is das klaa Träubche geplatzt un en klaane Eidotter mit glasklarem Eiweiß is aus ihre Händ uff de Boddem geloffe. Verschrocke hot se festgestellt: „Unsern Hansi is en klaa Weltwunner. Der hot en Ei geleeht! Der erste Kanarigickel, der wo Eier leje kann. Odder habbe die mich am End in dem Lade bedupscht un es is doch en Madammche?"

Jetzt war 's an de Zeit, bei dem klaane gelbe Hinkelche Abbitte ze leiste. Un weil so en Vööchelche aach nur en Mensch is, hot 's als Geecheleistung ab sofort jeden Daach en neu Eiche geleht, bis die Mudder nit mehr weider wusst.

„Ich wern mol en Experte fraache misse, was das zu bedeute hot."

Un hordisch hatt se en Fachmann aus unserm Ort an de Stripp.

„Ihr Kanari is e Weibche un der brauch jetzt e Männche, das will halt die Nadur so." Warum das mit dem Eierleje so is, konnt der Mann ihr aach nit saache. Es gibt jo alsemol Sache, die mer ohne große Fachkenntnis aafach nit erklärn kann.

In Fraastaa, aach liebevoll Madammestaa genannt, e klaa Örtche zwische Dozzem un Martinsthal, wohnt die Gunkelse Arnold, der en groß Voochelzüchtung hot. Sozusaache feinstes Geflüüchel als Bioware. Wellesittische in de scheenste Farbe, Kanaries, sogar en Babbegei, der wo nur meenzerisch babbelt, alles gesunde klaane Kerlcher flatschern do in de Käffische erum. Bei dem wollte mer uns en Partner for das Madammche, das e lang Zeit noch das Männche Hansi war, umgucke. Die Wahl is uff en hellroode, goldische un quicklebendische Gickel gefalle, der wo „die" Hansi jetzt beglicke sollt.

„Is es dann aach werklich en Männche?"

Nach dem letzte Reifall warn mir skeptisch.

„Ja, do bin ich mir ganz sicher", hot der behaupt.

„So, dann erklärn Sie uns doch bitte mol, wo draa Sie so ebbes erkenne kenne."

Was ich unner ebbes verstanne hatt, war dem Gunkel sofort klar, un schon hatt er stolz mit seim Uffklärungs-unnerricht aagefange: „Also, mer nimmt den Voochel aus seim Käffisch, leht en uff sei Buckelche in die Hand, un bläst dann von unne leicht geeche de Strich. Do kimmt dann unnerm Fedderkleidche en Zäppche zum Vorschein. Is das Zäppche nur 3-4 Millimeder lang, is es en Weibche, is es abber zeh Millimeder un is nach obbe in Richtung Kopp gericht, dann is es garandiert en Männche."

Aha!

Er hot uns aagesehe, dass mir so en Voochel nit ohne weiteres aus em Käffisch in die Hand nemme dehte. Un dann hatt er noch en Version parat: „Es gibt Leit, die wo sich nit traue, den Voochel aus seim Käffisch zu hole. Die kenne dann das Geschlecht auspendele. Dodezu hält mer en Noodel, die an em lange Fade hängt, übber das Vööchelche. Kreist die Noodel länger als e Minut, is es e Männche, hängt die Nodel vorher widder still, kann mer devon ausgehe, dass es e Weibche is."

Jetzt hatt ich widder ebbes Neues dezugelernt. Sollt ich bei der Diergroßhandlung noch emol vorbei komme, werd ich der junge Voochelhändlerin Noodel un Fade mitbringe. Damit se was lernt. Wenn die erst bloose muss, um das Zäppche zu finne, braucht se bestimmt länger als en Minut, un bei ungeduldische Kunde is das sicherlich nit förderlich for 's Geschäft.

Von dem Aachblick, wo „die" Hansi nit mehr aalla-
ans war, hot se sich vom neue rote Gickel die scheens-
te Voochelarie vorträllern losse. Un so bescheiden wie
Weibscher jo sin, hot se sich stumm in ihr Eierleeche-
schicksal ergebbe, was ihr allerdings kaan Nachwuchs,
sondern nooch 3 Monad ihrn Dood beschert hot.

Un de neu Placido-Domingo-Verschnitt singt jetzt
mit meiner Mudder jeden Daach um die Wett.

Meine Mutter und ich

67

DIE GENERALPROB

„Du, ich hab zwaa Kardde für en Generalprob im Staatstheater in Wissbade. Wenn de Zeit host geh doch mit!", saat mei Freundin Marie Anne aanes Dachs übber mich.

In unserm 1984 neu gegründete Rheingauer Mundartverein warn mir mitte in de Endprobe für unser allererst Theaterstück „Die Hallgartner Jungfer", das die Heimatdichterin Hedwig Witte geschribbe hot. Die Nerve warn uns bis zu dem Zeitpunkt schon mehr als aamol dorchgange, un ich war sehr gespannt zu sehe, wie en Generalprob bei de Profis aussieht. Also bin ich am Samsdaachmoin mit nach Wissbade zur Generalprob von dem Schauspiel, das annerndaachs Premiere hatt.

Im Foyer habbe mir noch e paar Fraue getroffe un es wurd gleich vill gebabbelt übber die Kinner, die Männer, die neueste Mode odder de letzte Schrei beim Haarschnitt. Nur übber das Theaterstück hot kaaner aach nur aa Wort verlorn.

Um Punkt 11 Uhr ging 's los. Die Lichter im Zuschauerraum sin abgedunkelt worn. De Vorhang ging uff. Zwaa Schauspieler kame uff die Bühn un habbe ihrn erste Satz vorgetraache. Die warn grad zwaa Sätz weit komme, do springt en Mann in eme offene helle Reechemantel mit em cremefarbene Humphrey-Bogart-Hut uff die Bühn un hot gekrische: „Die Feuerlöscher sind im Hintergrund zu sehen! Achten Sie darauf, dass der Vorhang ganz zugezogen wird, Herr Inspizient! So geht das aber wirklich nicht. Alles auf Anfang."

Er ging widder von de Bühn ab un hot sich uff sein

Platz im Zuschauerraum gesetzt. Ich hab bei mir ge-docht: „An was mer nit alles denke muss! Feuerlöscher im Hinnergrund!"

Von dem Moment aa hab ich genau uffgebasst, uff was mer noch so alles achte muss, damit bei unserer Ufführung nit aach solche Fehler gemacht wern dehte.

Zwatter Aalauf: Die Schauspiller kame widder raus. Dissmol hot 's geklappt mit dem Zwiegespräch von dem Pärchen, bis die jung Fraa im Berliner Dialekt ganz verzweifelt in de Zuschauerraum gerufe hot: „Charles, Kurt hat schon wieder mal jetrunken. Außerdem hat er mir wieder een falschet Stichwort jejeben. Ick mach det nich mehr mit. Ewig diese Sauferei bei den Proben. Meine Nerven halten det nich mehr aus!"

Jeder hot 's geheert. Still war 's im ganze Raum.

Wie aageworzelt hab ich in meim Theatersessel ge-klebt. Peinlich, hab ich nur gedenkt, do hocke doch wildfremde Leit im Saal, das macht mer doch nit, so vor alle Leut.

Die Zucht, die dann losging, war kaum zu beschreibe.

Jetzt hot der anner Schauspieler aagefange zu krei-sche: „Du Schlampe, lern du deinen Text lieber mal selbst richtig. Dann passiert so was auch nicht. Außer-dem hab ich gar nichts getrunken. Du willst mich nur bei Charles anschwärzen. Ich weiß ganz genau, dass du gestern wieder mit dem im Bett warst!"

Wutentbrannt kam der Bogart-Verschnitt widder uff die Biehn gehippt un hot sich geräuspert un vor 's Pu-blikum gestellt. „Es tut mir außerordenlich leid, meine Damen und Herren, dass Sie hier Zeugen dieser Situati-on werden. Wir klären das sofort. Bitte haben Sie etwas Geduld."

Die drei sin ab hinner die Biehn. „Das kann jo heiter wern", saat mei Nachbarin, „ich muss mei Bube um halb aans aus de Schul abhole. Wann die do obbe nit bald aafange, krieh ich gar nix mehr mit un muss vorher fort."

Plötzlich erscheint die Berliner Schauspielerin widder un krabbelt völlisch verzweifelt un flennend uff em Boddem rum.

De Reschissör stellt sich hinner se un guckt entgeistert: „Was suchen Sie denn da?"

Völlisch verflennt jammert das Meedche: „Ick habe meine Kontaktlinsen verloren. Vorsicht, bitte nich weiterjehen."

Dann sin se alle zwaa uff em Boddem rumgerutscht un habbe den Deppisch abgetast, um die Kontaktlins zu finne. Ich war fassungslos.

Uff aamol is der anscheinend Besoffene, de Kurt, uff die Biehn gesterzt, hatt en Mantel aa, stellt sich vor die Zwaa un kreischt mit feierrodem Kopp: „Das reicht mir jetzt. Ich geh. Spielen Sie doch meine Rolle, hier wird ja gegen mich ohnehin eine Hetzkampagne betrieben. Und außerdem wird in diesem Sauladen ja noch nicht mal das Probengeld mehr pünktlich gezahlt."

Dann is er von de Bühn gehippt un zornisch aus em Saal gerennt. Ich hab meiner Freundin leise ins Ohr gepischbert: „Was ein Zores. Do sin unser Laienspieler abber besser erzooche als die Profis. Wenn die hier das Stück moije Obend spille wolle, dann möcht ich mol wisse, ob das gut geht. Die finne doch nie mehr en Ersatz uff die Schnelle. Do bin ich doch froh, dass mir im Mundartverein annern Leut habbe. Un von Probegeld hab ich bisher aach noch nie ebbes geheert."

Plötzlich is de Vorhang gefalle. Das Chaos uff de Bühn war schlaachartisch beend.

Jetzt erschien devor widder der Reschissör un hot erklärt: „Meine Damen und Herren, es tut mir leid, dass Sie das unerfreuliche Geschehen hier miterleben mussten. Bitte haben Sie Verständnis, es handelt sich ja noch um eine der Hauptproben. Wir kriegen das schon wieder auf die Reihe. Gleich geht es weiter. Gehen Sie bitte solange ins Foyer. Wir rufen Sie dann, wenn wir weiterspielen."

Un mit dene Worte is er in Windeseile dem Kurt hinner her. Wahrscheinlich wollt er den übberredde, weiter mitzuspille.

Na gut, uff e Gläsje Sekt im herrschaftliche Foyer vom Staatstheater in Wissbade habbe mer uns gern eigelosse un en groß Palaver is losgange übber die Vorstellung, die bis jetzt noch gar kaa gewese war. „So ebbes nenne die Generalprob. Ich kann mir nicht vorstelle, dass die das bis morje in die Reih kriehe. Hot jemand eichentlich en Ahnung, wie das Stick übberhaupt heeßt?"

Do meldt sich die blond Bedienung von de Sektthek un seht: „Ja, ich. Das Stück heißt: ‚Die Generalprobe'!"

Es geht de Mensche wie em Most

Es warn emol drei Kerbeborsche aus Martinsthal, de Herbert, de Kall un de Schorsch, die hatte kaa Kerb un kaa Weifest ausgelosse, um zu feiern. Sie warn im Ort runderum als spassische Schlitzohrn bekannt.

Uff de Rauendahler Kerb habbe se mol gemerkt, dass fünf halbe Schoppe for jeden mehr als genuuch warn, um uff die Schosseh nunnerzus nach Martinsthal die Weechgerade ze halle.

Lallend und lachend habbe se zu späder Stund de Frisör Otto in de Hecke leihe sehe. Der hatt noch mehr Schoppe getrunke un war so stinkbesoffe, dass er allaans nit mehr aus em Gestrüpp erauskrabbele konnt. Weil 's aagefange hatt zu niesele, zooche die „echten Freunde" de Otto raus, de Kall un de Schorsch habbe en unnergehakt un sin dann so – mehr gedorzelt als wie gelaafe – endlich spät nach Mitternacht in Martinsthal aakomme. Am Ortseigang habbe se noch kräftig gesunge: „Heute blau un morje blau un übbermorje widder."

Bis de Otto mit schwerer Zung gelallt hot: „Seid still! Wenn mei Mudder eich heert un mitkrieht, wie besoffe ich bin, gibt 's die ganz Woch Krumbel."

Selbst im hohe Alter von übber verzisch hot de Otto immer noch Ängst vor seiner Mudder gehabt, wenn er schepp gelade hatt. Un das war jo nit selten.

„Du Dummbabbeler!", seet der Schorsch, „hier is doch erst de Friedhof. Du wohnst doch am annern End vom Ort!"

Naa, de Otto hatt sich nit abbringe losse, dass er hier dehaam wär und dappscht mit bleierne Fieß uff 's Friedhofsdoorche zu.

„Kommt nur mit", hot er gepischbert un sterzt in de stichdunkle Nacht von aam Grabstaa zum annern bis ans Leichehäus'e. „Wann ihr still seid, trinke mer drin noch aan, abber mei Mudder derf nix mitkriehe."

Jetzt habbe die annern gerafft, dass der Otto so voll war, dass er nit mol mehr wusst, wo er wohnt und sofort habbe se aagefange, Schabbernack ze treibe.

Wie de Otto die Dür vom Doodehäusje uffmacht, stolpert er übber sei eichene Fieß, plotscht hi un bleibt ohne Besinnung uffem Boddem liehe.

Uff em Disch, wo sonst die Särch druff stehe, habbe die Frechdachse das verkrumbelte schwarze Lake von de letzt Doodefeier glatt gestriche, dann dem Otto sei Schuh un Hose ausgezooche un de Herbert hot dodemit so en Art Kisse for unner de Kopp geknäult, damit er beim Schnarche nit verstricke konnt. Der arme Kerl wurd dann so in die „Heia" geleeht.

Abber sie warn noch nit am End.

Uff de Kerzeleuchter warn e paar Wachsstummelcher übberich, die habbe se aagebrennt und dann vom Kompost noch verrottete Kränz un abgebliehte Blummebukkets um en erumdrapiert.

Glücklich hot mer den Otto jetzt so liehe sehe! Endlich hatt er sei Ruh un die annern sin leise enaus un habbe sich zerickhalle misse, um nit mitte uffem Kerchhof in Lachkrämpf auszebreche.

„Waart nur! Wenn der morje wach werd", saat de Kall, „der denkt dann sicherlich, dass sei Muddern en dootgehaache hot un er schon uff em Weech in de Himmel is."

Doch de Otto konnt sein Rausch uff seiner ungemietliche Lagerstatt ausschloofe un is am annern Moin fast zu Dood verschrocke, wie er an sich erunner un um sich erum geguckt hot.

Wie er in die Leichehall komme is, werd er wohl sei Lebdedach nit mehr erfahrn, denn er war jo fest devon übberzeucht, dass er nachts naach de Kerb in Rauenthal dehaam in seim Bett geland war.

Noch ganz zwerbbelisch im Kopp stand er uff un is enaus. Do sieht er die Frau Mittelheimer mit de Gießkann am Grab von ihrm Mann stehe. Beim Aablick vom Otto in seine Dotzemer Feinripp halblange Unnerhose is der arme Fraa grad die Gießkann aus de Hand gefalle und sie is mit: „Majanjoseb, Hilfe! Do is jo en lebend Leich!", kreischend vom Kerchhof gerennt.

De Otto is sich jetzt doch seiner momendanen „Übberlebenslaache" bewusst worn un musst mache, dass er vom Kerchhof kam, hot an de nächste Hausdür geklingelt, damit en jemand mit em Audo dorchs Ort haam bei sei Mutter fahrn konnt.

Was do dann bassiert is, waaß kaaner.

Die Geschicht soll wohr gewese sei, mein Onkel Herbert war aaner von dene Spitzbube. Ob de Otto noch oft zum Schoppepetze uff de Rauendahler Kerb war, konnt er mir allerdings nit saache. In eme Gedicht von Hedwig Witte heeßt 's:

„Es geht de Mensche wie em Most. Wenn ihr die zwaa nit doobe losst, wann se jung sin un doobe wolle, dann dun ses späder, wann se nit solle."

Im Rheingau gibt's drei Worte, die mit X aafange un es noch aafacher beschreibe: Nämlich xunge, xoffe, 's Xicht verfalle.

In de 90er Jahrn is im Unnertaunus in Niedernhausen das „Rhein-Main-Theater" enstanne. Do könne mehr als sechzehhunnert Besucher es sich uff bequeme knallroode Plüschsessel gemietlich mache. Der Theaterbau hot umgerechnet 25 Millione Euro gekost un er is domols nur for das Musical „Sunset Boulevard", zu deutsch „Boulevard der Dämmerung", gebaut worn.

Die Geschicht hannelt von ner vergessene Stummfilmdiva aus Hollywood, die sich widder ins Filmgeschäft eibringe will. 1950 is die Erzählung schon vom österreichische Reschissör Billy Wilder – mit de Gloria Swanson in de Hauptroll – in de USA verfilmt worn. Dann hot der berühmte englische Komponist Andrew Lloyd Webber en Musical draus gemacht, was deerscht 1993 in London, dann am Broadway in Amerika, große Erfolche gefeiert hot, bis es schließlich 1995 for „immer un ewich" im Unnertaunus zu sehe sei sollt. Das warn die Idealvorstellunge von de Produzente aus England, USA und Deutschland.

Wie beim Ascheputtel, wo naach dem Meedche gesucht werd, dem der goldene Schuh basst, habbe se im ganze Land nach brauchbare Schauspiller gesucht. Casting nennt mer das heutzudaach. Im Fernsehe is des en unwürdisch „Zur-Schau-Stellung". Im seriöse Theaterbetrieb geht 's annerst zu. Un das wollt ich aamol selbst erlebe.

Hunnerte hatte sich gemeld. Ich aach. Es war mir klar, dass mer nur Stars for die Erstbesetzung nemme konnt, deren indernationale Name deutschlandweit die Leit aalocke sollt un die schon berühmt warn. Abber da die

Pilcherstätte im Unnertaunus jo uff „ewich" ausgericht
war, hätt ich die Roll von dere alte Fraa aach noch in
zwanzisch Jahr gespillt. Ich wollt aafach nur debei sei
un die Schangs nutze.

Am 1. Mai 1994 bin ich vom Peter Weck uff mei Be-
werbung hi als Nummer 44 zu meim erste un aanzi-
sche Casting eigelade worn. Der berühmte Schauspieler
aus Wien war aach de Reschissör un hot – zusamme
mit de englische und ameriganische Produzente – die
Schauspiller ausgesucht.

Ich hatt em vorher schon emol im Kurhaus in Wiss-
bade korz die Hand gebbe, als er das Musical-Projekt
dort vorgestellt hot un wo – was for mich das Scheens-
te war – aach die Kledaasch gezeicht worn is, die die
Hauptdarstellerin traache soll. Nit gelooche, abber es
gab Klamodde, so was hab ich noch nit gesehe. Das
Silvesterballkleid zum Beispill hot 20 000 Dollar gekost.
Zwanzischdausend Dollar. En Traum aus goldene un
glitzernde Strassstaacher, jedes aanzelne mit de Hand
druffgenäht. Mir sin die Aache bald übbergeloffe. Aa-
mol so en Kleid aahabbe! En Traum.

Das allerdings stand im Hinnergrund, als ich beim
Vorsinge im Englische Theater in Frankfurt in den
dunkle Theaterraum kam un die Trepp zur hellerleuch-
tet Bühn enuff bin, um vorzusinge.

Nur wer das emol mitgemacht hot, waaß wie es aam
do geht.

Mehr gesterzt wie vornehm gange bin ich die Trepp
enuff un hab en Stimm im dunkle Zuschauerraum ver-
nomme: „Nr. 44. Frau Neradt, guten Tag. Was werden
Sie uns singen?"

Völlisch verdattert hab ich geantwort: „Guten Tag,

Herr Weck, das ist aber nett, dass Sie selbst hier sind. Wie wär 's mit einem Chanson?"

„Ja, gern. Bitte gehen Sie doch ans Klavier und geben der Pianistin Ihre Noten."

Dann bin ich zu der Klavierspillerin, die mich gefraacht hot: „Which tone?"

Ich versteh nur „Welcher Ton?" un saach zu ihr: „Welcher Ton? Fange Se vorne aa. Der erste Ton, dann sing ich schon dezu."

Was ich nit wusst war, dass se Englännerin war und mit „Tone" die Tonart gemaant hot. Korz und gut, ich hab en Lied von de Claire Waldoff gesunge. Irchendwas Freches. Als ich fertisch war, kam aus vier verschiedene Ecke im dunkle Theater Applaus von insgesamt acht Händ. Mehr war nit zu vernemme. Es warn nur zwaa Männer aus New York, aaner aus London un de Peter Weck, den ich in de fünft Reih erkenne konnt.

„Leider hab ich nur deutsche Chansons dabei, weniger Musicalsongs. Soll ich wieder gehen? Reicht Ihnen das?", hab ich in die Dunkelheit gerufe.

„Nein", seet de Peter Weck, „wir möchten gern noch mehr hören."

Noch drei Lieder Zugabe, dann hab ich von mir aus gesaat: „Danke, lieber Herr Weck, dass Sie mir die Gelegenheit gegeben haben, einmal in meinem Leben eine solch spannende Erfahrung zu machen. Aber draußen warten 50 Schauspielerinnen, die alle noch vorsingen wollen. Ich verabschiede mich und ich verspreche Ihnen: Bei der Premiere bin ich dabei. Vom Zuschauerraum aus werde ich Sie bejubeln."

Das war 's dann for mich. Bei de Premiere am 8. Dezember 1995 hot en Weltstar uff de Bühn gestanne:

Helen Schneider. En Topbesetzung für die Roll. Do hot alles gestimmt. Un singe konnt die – aafach herrlich.

Ihr Partner war de Uwe Kröger, der zu dem Zeitpunkt de beliebteste Musicalstar in Deutschland war. Un en ganz en scheene Borsch war er obbedrei.

Aber so en düster Geschicht, die mit Mord un Dood- schlaach ausgeht, kam beim Publikum im Unnertaunus uff Dauer leider nit gut aa. So ebbes gab 's hier noch nie. Nit alle Leit hot das so en Spass gemacht wie mir.

Nachdem das Haus aafangs immer rappelvoll war, is de Zulauf schon zwaa Jahr später bis uff dreißisch Prozent sammegeschrumbelt un zum Schluss sin ville Freikarte verdeilt worn, um Zuschauer ins Haus zu lo- cke. So kam ich zwölfmol in den Genuss, mir das Stück zu betrachte. Mehr odder wenischer freiwillisch. Für all mei Freunde hot 's Freikardde gebbe un ich bin immer mit. Abber selbst so beriehmte Schauspieler wie die Da- niela Ziegler, die nach zwaa Jahr die Roll von de He- len Schneider übbernomme hot, odder de Peter Weck konnte de Unnergang nit verhinnern. 1998 im Mai hab- be se dann uff de „Dämmerungsgass" die Lichter ganz ausgehe losse.

Schad defor. Mit dem richtische Stück wärn die Er- wardunge sicherlich erfüllt worn. Gottseidank finne dort ville gude Schauspieler, Sänger un Mussikgruppe heut widder ihr Publikum un spürn selbst vielleicht noch e bissje den verblichene Hauch vom Niedernhau- sener Glanz, dem domolische „Hollywood im Unner- taunus".

Die Zeit rast, alles verännert sich, un wenn mer von neue technische Errungenschafte schreibt, dann habbe se schon nach zwaa Jahr ebbes Antiquarisches an sich. Hier geht's jetzt um die Navigadionssysteme, die sich erst Aafang vom neue Jahrdausend langsam, zuerst in de große Limuusine, später fast in alle Audos dorchgesetzt habbe.

Das ist die Geschicht von unserm erste Navigador. Fronleichnam 2006 warn mer bei gude Freunde zum Bransch eigelade. So nennt mer das späte Friehstick, das dann direkt ins Middachesse übbergeht un an dem mer sich hemmungslos die Kalorie nur so neistoppt. Die Sekt- und Weigläser stehe direkt neber de Kaffeedasse un wern vom Gastgeber aach immer entsprechend uffgefillt, un de Deller werd nie leer, weil mer alsfort ebbes anneres schnuckelt.

Um halb zwölf sollte mer komme. De erste Hunger hatt sich schon eigestellt. Es war Zeit, mer musste los.

„Ich muss noch de Navigador eistelle", saat mein Mann un fängt aa, den neumodische Audokompjuder in Gang zu setze. De Navigador! Die neueste Herausforderung for Audofahrer.

„Warum willste eichentlich den Navigador eistelle, mer wisse doch wo die Beate un de Thomas wohne", saat ich noch, verdräng abber im gleiche Moment mein Mann von dem Metallknopp in de Mittelkonsol: „Fahr du mol los, ich kümmer mich jetzt um das Ding."

Irchendwie musst ich de falsche Knopp gedrückt habbe, jedenfalls hot uns die freundlich Frauenstimm schon nach 200 Meter kundgedaa:

„Bitte an der nächsten Möglichkeit wenden".

„Das kann nit sei", hab ich gemeudert, „mir wolle nach Wissbade, nit nach Bad Schwalbach. Das wär jo die entgeeschegesetzt Richtung."

„Bitte wenden", hot se widder gesaat.

„Du host Heimatadresse eigebbe. Die will, dass mir widder haam fahrn", saat mein Mann korzerhand.

„Ich hab gar nix eigebbe. Die hot sich von selbst gemeld."

Das war de Ufftakt zu eme typische Ehegespräch, das bis for die Hausdür von unserem Gastgeberehepaar gedauert hot.

„Also, dann fange mir jetzt noch emol von vorne aa", saat mein Mann, jetzt e bissje lauter als gewohnt, um nit zu saache: Sei gud Laune stand uff em Spill. Er hot widder uff den Metallknopp gedrickt. Das gleiche Spillche noch emol.

Ich übbernemme widder: „Guck du uff die Gass, am End verunglicke mer noch. Ich mache das. So bleed kann ich jo nit sei."

„Offenbar biste 's doch."

Mittlerweile is bei mir aach Zorn uffkomme. Ich hab erneut uff den Knopp gedrückt un das Wort ‚Navigation' is erschiene. Erneuter Knoppdruck, ‚Neues Ziel' steht do. Ich drick widder. Dodebei muss ich in die falsch Zeil gerutscht sei: Europa. Ich drücke aafach druff. Dodebei muss ich zufällisch uff ‚M' gerutscht sei. Ausländische Name erscheine: Marseille, Marlon, Marnon, Mailand.

„Falsch, du musst naach ‚Europa' erst uff ‚Deutschland' drücke."

Ich hab ‚Deutschland' gedrückt.

„Jetzt dreh den Knopp uff ‚Stadt‘.“

Aha, kapiert. So leicht geht das. Das Wort ‚Stadt‘ erscheint. Da mir naach Wissbade wollte, hab ich Buchstabe for Buchstabe ‚Wiesbaden‘ eigebbe.

Jetzt will se die Strooß wisse. „Du, saach emol, in welcher Strooß wohne die eichentlich? Jetzt warn mer schon so oft bei dene, un wisse gar nit, wie die Strooß heeßt.“

Die weiblich Babbelstimm von der Navigadorin versucht ganz unbeirrt, uns bei jeder neue Kreuzung immer widder zum Umkehrn zu beweeche.

Mir sin weidergefahrn. Mir warn jo oft schon bei dene Leit. Soll die ruhisch babbele. Das Gerät hot vill Geld gekost. Dodefor kann die jetzt aach was schaffe. „Waart, ich hab ’s Adressbuch debei: A, B, C, K, Müller, Meier, – gleich hab ich ’s … Ahja. Also die wohne in de Schuppstrooß.“

Ich gebbe widder Buchstabe for Buchstabe ‚Schuppstrooß‘ ei.

Mittlerweile warn mir schon midde in Wissbade. ‚Zielführung starten‘ kam vom Kompjuder die nächst Aaweisung. Ich drick widder uffs Knöppche. ‚Die Route wird berechnet‘ erscheint. Erleichtert un stolz guck ich zu meim Mann. Geschafft.

Uff aamol hot sich das Meedche von ihrer ewische Umkehrerei abbringe losse un saat plötzlich: „Die zweite Straße rechts abfahren.“

„Prima. Jetzt klappt ’s. Die kennt sich aus. Wenn die Madamm do alles waaß, dann könnt die doch aach audomadisch noch de Blinker setze“, hab ich so in meim harmlose Gemüd vor mich hiegrabbelt.

Das fand mein Mann widder lustisch. En gud Zeiche.

Die Stimmung steicht. Skeptisch bleibt er abber immer noch.

„Mer nenne se Elfriede. Der Name basst zu dere Stimm. War doch gut, dass mer en Audo mit Navigador kaaft habbe. Aach wenn mer uns hier auskenne, gell?"

Sei Gedanke dodezu wollt ich abber in dem Moment nit gelese habbe. Sein Blick war villsaachender als Worte. Korz vor der Hausdür in de Schuppstroß meld sich die Elfriede plötzlich: „Sie haben die Zielstraße erreicht"

„Was en Schlaumeiern. Das wisse mir aach. Abber kaan Parkplatz weit un breit, und jetzt?"

Do wusst die Babbelschnuut aach nit weider. Mit ‚Spracheingabe beendet' hot se sich korzerhand von uns verabschied un von do ab kaan Mux mehr von sich gebbe.

Sie hatt ihr Arbbeit gut verricht. Mir stande jetzt zwar vor de richtische Hausdür, musste abber noch en Verdelstund en Parkplatz suche un en halbe Kilomeder zu Fuß zerickdapsche. Gut, dass mir schon so oft bei dene Leut zu Besuch warn, wer waaß, wo mir sonst geland wärn.

Was wern mir wohl noch alles an technische Errungeschafte erlebe? Am End hockt en Roboter mit ner schicke Schofförskapp emol bei uns am Steuer, mein Mann un ich steiche hinne ei un saache nur ganz vornehm: „Karl, jetzt fahr uns emol uffs Wissbadener Weifest."

Dann gäb 's endlich kaa Diskussione mehr wer haamfährt, wenn mer übber de erlaubte Promillegrenz lieht.

Mir habbe uff em Speicher en Eck, wo Tasche liehe, die mir nur ab un zu brauche. Große Tasche, bunte Tasche, weiche Tasche, Abentäschscher, Sporttasche und Fahrradtasche. Letztere wollt ich runnerhole, um se for unsern Urlaub zu packe.

Ich musst erst en klaane graue Koffer forträume, damit ich draa kam. Was leiht dann do uff dere Fahrradtasch? Ausgesehe hot 's wie en Gummifitnessband, das mer zum Trainiern nimmt. Doch uff aamol hot das Band aagefange sich zu beweeche un mich mit klaane Aache aazuguckt. Ich hab mir die Aache ribbele misse, um sicher zu sei, was ich do sehe, war abber in Windeseil schnell hellwach worn un kreische, was ich kreische kann, um Hilf: „En Schlang, in unserm Fahrradkoffer lieht en Schlang. Hilfe!"

Mein Mann, der mei Gekrisch im Garte geheert hatt, kam, so schnell er konnt, die Leider nuff.

Mittlerweile war die dunkelgrie un spazierstockdick Schlang von meiner Schreierei wach worn un hot sich, wie Schlange das so aa sich habbe, in uffrechte Posidur gebrocht, um mich zu fixiern. Wie hypnotisiert hab ich zerickgeguckt. Das gibt 's doch nit! En Schlang uff em Speicher. Uff unserm Speicher. Wie kimmt die dann dohi??? Ich war froh, dass mein Mann se aach wahrgenomme hot.

Uff mei Fraach: „Siehst du, was ich sehe?", saat er nur ganz lapidar un typisch Mann: „Ja, ich seh en Schlang. Es werd en Ringelnatter sei. En Aesculap hätt jo en platte Kopp, die hot jo en klaane runde. Geeche en afriganisch Boa is das abber en klaane Worm!"

An was der Mann in so em Moment denkt. Ich werd unnerdesse immer unruhischer und geh en Schritt uff se zu: „Giftisch is se jo nit!?", hab ich mich mehr beruhischt als gefraacht. Mein Mann kam nit mehr dezu zu antworte, do stand ich schon übber dem Kringeldier: „Komm jetzt, mer misse se packe! Am End krabbelt se fort und dann finne mir se in unserm Kruusch nie mehr."

Doch do hab ich mein sonst so forsche Mann gar nit mehr widdergekennt.

Wie aageworzelt hot er nur noch zugeguckt, was ich jetzt aastell. Ich bin mutisch an die Fahrradtasch, wo die mederlang Ringelnatter druff gelehe hot. In dem Moment is die richtisch zum Lebe erwacht un hot aagefange, sich seitwärts perr zu mache. En Schrei von mir un fort war se.

Jetzt hatt ich panikartisch alle Tasche, die ich greife konnt, meim Mann vor die Fieß geschmisse. „Wo is se jetzt geblibbe? In irchendaam Koffer muss se sich versteckelt habbe."

Do kam das Vieh aus meiner Sporttasch un mir zwaa Ängstschisser habbe nur völlisch versteinert mit uffgerissene Aache zugeguckt, wie se sich fortgeschlängelt hot. Verschwunne in de Ritze von de Diele.

„So, jetzt habbe mer den Salat. Glaabst du, ich könnt noch aamol unbeschwert uff den Speicher gehe, wenn ich waaß, dass do en Schlang irchendwo uff mich lauert?"

Was wollte mir mache?

Mir habbe se Hulda gedaaft. „So en Schlang is doch ganz nützlich. Die frisst aach Mäus, do brauche mir jetzt aach kaa Falle mehr zu stelle", hot mich mein Mann beruhischt. Un rein von dem Aacheblick aa hot – wie met später bemerkt habbe – das Knuspern von de Mäusjer uffgeheert. Es wern einische ihr Lebe habbe losse müsse. Seitdem ruf ich jedesmol, wenn ich de Deckel von de Speicherdür uffgemacht hab, un uff de Leider stehe: „Hulda, verschreck mich nit. Ich komme."

Sie hot sich nie mehr gezeicht. Un das war 's dann.

Abber so ganz geheuer is es mir uff em Speicher nit mehr. Mer macht sich immer widder sei Gedanke. Am End döst die in meine alte Klamodde. Abber es is wie so oft im Lebe: Mer gewehnt sich an alles. Aach an so en Zustand.

Vor Weihnachten bin ich widder mol hoch, um die Weihnachtskerze un de Christbaumstänner zu hole.

„Hulda, ich komme", hab ich vorsorchlich gerufe un bin die Leider enuff. An der Stell, wo das ganze Weihnachtszeuch lieht, is es zimmlich dunkel.

Un do seh ich in eme Abstand von nur aam Meder von mir entfernt uff de Weihnachtskist: die Hulda! Sammegerollt, ganz derr un in en diefe Schloof verfalle. Odder doot? Vor Uffrechung konnt ich mich kaum beweeche. Jetzt hot 's gehaaße: Nerve behalle un nur nit kreische! Nur das Vieh nit wecke, dann kann mer se eher aapacke un in en Kist stecke. Ich guck mich um un hab en leere Schuhkarddong entdeckt. Do loss ich se jetzt neirutsche un mach de Deckel schnell zu, hab ich bei mir so gedacht. Mir is widder eigefalle, dass ich jo mit große Schlange aach schon mei Erfahrunge gemacht hab.

In Südafrika hot mer mir mol als Touristeattraktion en Boa Constrictor von zwaa Meder wie en Schal um de Hals geleeht.

Do werd ich doch so en Hulda, die grad emol en Me-
der vorzuweise hatt, fange kenne.

Mit dene Gedanke geh ich tapfer un vorsichtisch mit
schloddernde Knie uff se zu. Hulda-Meedche, alleweil
biste draa. Un in dem Moment, wo ich endlich den Mut
uffgebrocht hab un zupacke will, rieft mein Mann von
unne: „Kannste mir das schwarze dicke Starkstromka-
bel mitbringe? Das hab ich heut moin beim Kabelver-
lehe von de Lichterkette obbe liehe losse. Es is ganz
hinne uff de Kist vom Weihnachtskrembel."

En Starkstromkabel ...

Wenn mein Mann die echte Hulda nit domols selbst
gesehe hätt, ich hätt spätestens jetzt an meim Mensche-
verstand gezweifelt. Dissmol hot se mich also gefoppt,
die Hulda.

Es gibt se immer noch.

Irchendwann fin ich se.

Mit Boa Anfang 2008 in Südafrika

URLAUB AUF SYLT ODDER: DIE JAGD UFF BILLISCH-TICKETS

Mir fahrn eichentlich so gut wie nie mit de Bahn. Mir wohne in eme Ort ohne Bahnhof.

Das Aagebot vom Lidl hot mich domols allerdings doch gereizt: en Bahnfahrschei for 49,90 € hi un zerick, in ganz Deutschland. Mit sechs Monat Gültischkeit. Ich simmelier so vor mich hi, wo mer mit so eme preiswerte Fahrschein hifahrn kennt. Sylt, das deht sich rendiern, do fährt mer sonst en Ewichkeit mit em Audo.

Mein Mann winkt ab: „Heer mer uff. Bei deim ville Gepäck, das du mitschleppst, do schaffe mer 's jo grad im Audo do nuff zu komme."

Also Sylt fällt aus. Wär abber en schee weid Streck gewese.

Der Daach X, an dem es an de Kass beim Lidl die billische Bahnkardde gebbe sollt, kam näher. Mer musst demit rechne, dass annern Mitmensche dieselb Idee hatte wie ich.

„Ich muss am Sonndaach nach Köln, do kennt ich so en Ticket doch gebrauche", seet do plötzlich mein bisher störrische Mann. Do hatt ich en soweit. Er is sofort zum nächste Lidl gefahrn, es war allerdings schon elf Uhr, do heert er im Radio in de Nachrichte, dass die ganz Million Fahrschei schon ausverkaaft wärn. „No", denkt er, „dann holst de halt e bissje Obst und Klobabier, das kammer immer gebrauche, dann bin ich nit for umsonst doher gefahrn."

Macht 's, geht an die Kass, will sei Zeuch bezahle und freeht – nur so mol zum Spass – ob 's noch Fahrkardde gäb. „Ja", seht das freundliche Frollein an de Kass,

„grad habbe mer noch e paar reikrieht. Wievill wolle Se dann?"

Do hot mein Mann zum erste Mol reagiert wie en Fraa beim Schuhkaafe: „Dann gebbe Se mer drei Stick."

Mit eme erste Karddepärche is er am Sonndach nach Köln gefahrn. Intercity, Schnellzuuch, versteht sich. Das hatt sich schon emol gelohnt. Jetzt hatte mer noch zwaa Hi- un Rückfahrkardde. Dodemit war dann Sylt doch widder näher gerickt. Mir habbe sicherheitshalber noch 2 Platzkadde bestellt, damit mer nit die ganz Fahrt am End noch stehe misse. Peifedeckel, es gab nur noch zwaa Plätz bei Raucher im Großraumwaache. Alles annere war schon ausgebucht. Also gut, dann ebe Raucher.

Mir losse uns am erste Urlaubsdaach in aller Herrgottsfrieh von meim Schwaacher Franz an de Meenzer Bahnhof fahrn. Uff em Bahnsteich seht mein Mann: „Wo hoste dann die Tickets?"

Bombesicher greif ich in die Tasch und find nur noch des aane Karddepärche, das mer for die Hifahrt zu zwatt benutze kenne. „Das gibt's nit. Ich hab se doch all eigesteckt."

Nachdem ich die Handtasch unnerschtdrebberscht umgeworschtelt hatt, war kaa Zeit mehr zum Übberleje. Doch mein Mann wollt redur: „Komm mer nemme uns e Taxi und fahrn von dehaam aus mit em Audo nach Sylt."

„Nix, jetzt fahrn mer mit de Bahn. Irchendwie komme mer schon widder haam."

Hätt ich nur uff en geheert!

Neun Stunde habbe mir im Raucher-Abteil gesesse. Soville Raucher werd 's schon nit gebbe, denk ich noch.

Die Leit sin jo heitzudaach all vernünftich. Fehlaazeich!
Nit nur, dass außer uns alle annern Leit in unserm Ab-
teil qualme, naa, es kame aach noch die Raucher von de
Nichtraucherabteile un paffte uns noch zusätzlich die
Kepp voll. Mir war nur noch schlecht. Zum erste Mol
hot mir geschwant, dass es kaa gut Idee war, mit dem
Zuuch zu fahrn. Die weitest Streck innerhalb Deutsch-
lands im Raucherabteil!

In Sylt aakomme, treffe mer im Hotel unser Freunde,
die schlauerweise mit em Audo gefahrn sin.

„So", saat mei Freundin Sabine, „jetzt rauche mer erst
emol gemietlich en Zigarett."

Do war 's dann aus. Ich hab mich ins Bett verkroche.
Allaans das Wort Zigarett konnt ich nit mehr heern, ge-
schweiche den Rauch ertraache.

Jetzt allerdings warn mer uff de Insel gefange. Mein
Schwaacher hot die vergessene Fahrkardde dehaam
nit finne kenne un uff em Bahnhof in Sylt habbe mer
gleich zu heern krieht, dass es for unser Haamfahrt nur
noch zwaa Raucherplätz gäb un die Rückfahrt for zwaa
Persone 250 € koste deht. Ich war em Ohnmachtsaa-
fall nah. Die Platzkadde for 's Raucherabteil warn uns
jo schon reserviert. Abber lieber steh ich im Zuuch im
Zuuch, statt mich noch emol vollqualme zu losse.

„Kaa anner Möchlichkeit mehr?"

„Nein", saat die Fahrkarddeverkäuferin bestimmend
und korz. „Freitag ist Abreisetag und außerdem Fe-
rienende. Und alle Züge sind ausgebucht. Aber", das
„Aber" hot mich neue Hoffnung schöpfe losse: „Aber
es gibt noch eine Möglichkeit mit einem andern Zug,
Sie müssten nur drei Mal umsteigen und das kostet auch
nur 88 €. Eine Sonderaktion der Bahn." Sie lächelt süffi-

sant. „Allerdings keine Platzkarten. Alles ausgebucht."

Um Gotteswille. Neun Stunde stehend im Zuuch von Sylt nach Wissbade!

Panik kam in mir uff. Wie komme mir von der Insel widder fort? Flugzeuch? Taxi? Unmöchlich. Vill zu deuer. Im Audo mit de Freunde? Die habbe schon soviel Gepäck von uns mitgenomme, außerdem en Hund uffem Rücksitz, do basse mir nit mehr nei.

Mein Mann hot die Ruh weg: „Jetzt mach dich nit verrickt, mir wern schon haamkomme. Un en Sitzplatz bis Hambursch habbe mer schon, weil mer die erst Streck mit dem Bummelzuuch fahrn misse, wo du sowieso die Platzkardde host."

Die Woch in Sylt hab ich ganz bewusst die frisch Luft dief eigeademt, weil ich jo wusst, was uff mich zukimmt.

Am letzte Daach habbe uns die Freunde am Bahnhof abgeliffert. „In neun Stunde habt ihr 's geschafft. Um sibbe Uhr könnt er schon de erste Riesling schlutzern."

Euer Wort in Gottes Ohr, denk ich un mir steiche ei.

Nach der Eiräucherung bis Hambursch sin mir dann im ICE bis Kassel sitzend gut voran komme un in Frankfurt zum letzte Mol umgestiehe.

Das dicke End kam abber noch. Uff de Streck von Frankfort noch Wissbade hot der Zuuch plötzlich in Flörsheim gehalle un de Schaffner hot die Fahrgäst übber Lautsprecher uffgefordert, auszusteiche, weil die Obberleidung kabutt wär. Mer sollte uffen Ersatzzuuch wardde, der käm uffem Gleis geecheübber aa. Der kam aach naach ner Verdelstund. Un nachdem mer ingestiehe warn, musste mer widder en halb Stund wardde.

Neue Durchsaache: Es deht mindestens noch e Stund dauern, bis es weidergeht.

Jetzt is meim Mann abber doch de Kraache geplatzt: „Schnapp dein Koffer und nix wie enaus. Ich fahrn mei Lebdedaach nit mehr mit de Bahn. Mer nemme jetzt en Taxi und dann nix wie haam.“

Es war mittlerweile neun Uhr obends. Flerschem is um die Zeit stiller als en Friedhof. Weit un breit kaan Bus un kaa Taxi. Gottseidank hot mei Handy noch funktioniert, so konnte mer unsern Neffe Dominik dezu beweeche, uns mit em Audo in Flerschem abzuhole. Er misst abber erst emol im Internet gucke, wo das Kaff übberhaupt leikt, weil er noch nie devon geheert hatt. En Stund später warn mer dann endlich dehaam un um en Lebenserfahrung reicher.

In Zukunft fall ich uff so Sonder-Aagebode nit mehr rin. Mir fahrn widder mit em Audo nach Sylt. Wann mer übberhaupt noch emol nach Sylt fahrn.

Die vergesse Hi- und Rückfahrkardd, die for 49.90 € dehaam gelehe hot, habbe mer dem Dominik zum Gebortsdaach geschenkt, damit er uff em Oktoberfest in München mol aan druffmache konnt. Das war noch vor dene ganze Streiks mit de Bahn. Er is am letzte Daach vorm Verfallsdadum gefahrn un hatt mehr Glick als wie mir.

Ob sich bei dene Bahnverhältnisse heitzudaach so en Vertraachspartner wie Lidl nochemol finne lässt? Ich bezweifel das.

Kaafe deht ich vielleicht sogar widder so billische Kardde, weil jetzt im Zuuch nit mehr geraacht wern darf.

KINNER, WIE DIE ZEIT VERGEHT!

Wie geht 's Ihne eichentlich, wenn Sie sich heute mit Ihre alte Schulkamerade oder -freunde und -freundinne treffen?

Früher als Schulkinner habbe mer uns jeden Tag gesehe, dann jahrelang übberhaupt nit, un jetzt, wo mer schon übber Fuffzisch sin, do werd 's aam doch bewusst, wie wichtig es is, alte Freundschafte von früher uffrecht zu erhalte. Wann mer dann so zusammehockt und palavert übber dies un jenes, kimmt mer audomadisch uff die alde Zeite ze schwätze, wo die Juuchendzeit lebendisch un mit eme klitzeklaane Glorienschein verziert werd. „Waaßte noch?"

Es fällt mir immer widder uff, dass es grad die alde Freundschafte sin, die wo eim so offen und gradlinig durch 's Lebe begleite. Mer verännert sich äußerlich nit vill im Lebe. Mer erkennt sich aach nooch Jahrn sofort widder un kann von aaner Sekund uff die anner in friehere Zeide hibbe.

Warn mir domols eichentlich verdorbe? So richtige Dummheite habbe mir doch gar kaa gemacht. Naa! Mir warn all brav. Werklich! Na ja, zugegebbe, es gab schon e paar Haamlichkeide, die unser Eltern un vor allem die Lehrer nit wisse dorfte, un es is aach gut so. Abber Heroin, Extasy, Magersucht, Bulimie odder Alkopops, das warn for uns Fremdwerter. Jedenfalls blibbe mir devon verschont. Beese Mensche gab 's sicherlich aach. Un so manch Hand hätt nit ausrutsche müsse, aach nit in de Schul.

Un wenn mer so sammehockt, dann simmeliert mer aach noch emol übber de berufliche Weech. Jeder, der damals von de Schul abgange is, hot sofort en Lehrstell odder en Studienplatz gefunne. Meist hot mer schon bei nur aaner Aazeich in de Zeidung, wo mer ebbes Bassendes gesucht hot, an die 10-15 Zuschrifte krieht, do konnt mer sich sein Arbeitsplatz noch aussuche.

Das warn annern Zeite wie heit. Do hot aam die Welt noch offegestanne. Mir sin tatsächlich die Generation, die die beneidenswertest Juchend gehabt hot. Mit allem, was dezu geheert. Das war die Zeit, wo uff kaaner Party die Mussik von de Rolling Stones odder de Beatles fehle dorft. Das war aach die Zeit, wo mer im Big Apple „geslopt" und „getwistet" habbe. Das Big Apple, das war die groß Disco in Wissbade, in die mir nur mit em Personalausweis ab 16 zum Danze enei dorfte. Un dann sin mer geeche acht Uhr obends widder brav im Bus in Richtung Rheingau haamgefahrn.

Das war aach die Zeit, wo die Eltern nit so vill Ängst hatte, dass ihre Kinner ebbes bassiern kennt.

Es hot sich soviell verännert. Gudes wie Schlechtes.

Trotzdem: Ich mache mir oft Gedanke übber die heutisch Juchend, die junge Leit ercheine aam schon so erwachse, weil se sich mit sovill Probleme rumquäle müsse. Mit welche Gedanke wern die wohl später uff ihr Juuchendzeit zurückblicke?

Hoffentlich könne die aanes Daachs aach naach so eme scheene Klassetreffe disselb Bilanz ziehe wie ich: Mir geht 's so gut un ich bin dankbar for jeden Daach. Bin gesund un ich hab Freunde un die Erinnerunge an wunderscheene alte Zeite. Wann mer des aach noch deile kann mit dem Mann, der wo aam uff Händ träächt, dann kanns aafach nit scheener sei. Schad is nur, dass wanns aam gut geht, die Zeit vill schneller dorch die Händ leeft als annerstrum.

Muddersprooch so dief wie Worzele

Zu unserer Hauseiweihung 1984 hot mir die Rheingauer Heimatdichterin Hedwig Witte en Rosestöckelche mit gelbe Knöspscher geschenkt. Das hab ich domols gleich vor die Terrass in Erd geplanzt. Wind und Wetter hot 's all die Jahrn übberstanne, wenn 's aach emol beim Gewitter in de Mitt fast dorchgebroche wär. Doch die gelbe Rösjer bliehe jed Jahr so prächtisch, als wenn se beharrlich saache wollte: „Vergiss nit, wer uns for dich ausgesucht un verschenkt hot.“

Vor e paar Jahr musst die Terrass neu geplästert wern un als ich mir das zum Schluss betracht hab, hot mich fast de Schlaach getroffe. De Flieseleecher hatt uff Geheiß von meim Mann das ganze Rosestöckelche runderum eigeplästert, so dass nur en Löchelche in de Größ von ere Zigaretteschachtel drum erum übberich geblibbe is.

„Das übberlebt mei Hedwig-Stöckelche nie!“, hab ich gejammert.

Abber der Handwerker war stolz, dass em so en sauber Abbeit gelunge is, un mein Mann war zuversichtlich, was das Übberlebe von meim Rosebäumche angeht. Jetzt sin widder fünf Jahr erum un es blieht und blieht noch immer.

Tja, was so echte alte Worzele sin, die halle schon ebbes aus. Un diese Worzele liehe naach so langer Zeit dief im Boddem. So dief, wie unser Mundart aach. Mit der bin ich groß worn. Unser Mundart is unser Worzel.

Wenn mer irchendwo uff de Welt plötzlich jemand heert, der so babbelt wie mir, dann falle alle Hemmunge, den aazuredde. So is es uns gange beim letzte Urlaub in Südafrika uff em Jeep. Mir warn schon ganz uffgereecht, um bei ner Fotosafari die Elefante, Zebras un Löwe zu erkunde. Do sitzt en Ehepaar neber uns, die ich erst englisch aageredd hab. Die habbe aach englisch geantwort. Uff mei Fraach hin: „Where do you come from?" („Wo komme Sie dann her?") hot der Mann uff platt gesaat: „Mir sin aus Erbach im Rheingau und Sie sin die Neradts aus Martinsthal, gell?"

No, do war nadierlich gleich doppelt so vill Spass aagesaat!

Sicherlich, Hochdeitsch muss mer aach könne, sonst werd mer im Lebe als emol schepp aageguckt. Jeder kennt das. Unser klaa Gezebbel werd desdeweeche heutzudaach von kinduff hochdeitsch erzooche. Die lerne die Mundart, wie mir frieher das Schriftdeutsche. Vorausgesetzt, sie habbe jemand, der noch Mundart schwetzt. Gott sei Dank gibt 's abber noch genuuch Omas und Opas, die das vermittele kenne. Kinner lerne gern un irchendwann begreife se aach, dass Muddersprach aus em Herze kimmt. Un Herz sollte mer unsern Kinner in de heutische Zeit vill mitgebbe, damit se später, wenn se jemand fernab vom Rheingau treffe, saache kenne: Do babbelt jemand wie ich, das is aaner von uns. Do bin ich dehaam. Mudderspraach is Herzensspraach un will aach nix annerster sei.

Un desdeweeche sin mei Geschichte all in der Spraach geschribbe, mit der ich groß worn bin: in meiner Rheingauer Mundart.